【智量译文选】

叶甫盖尼·奥涅金
Евгений Онегин

〔俄〕普希金 著　智量 译
Александр Сергеевич Пушкин

华东师范大学出版社

目 录

译者前言 / 1

第一章 / 1
第二章 / 39
第三章 / 65
第四章 / 95
第五章 / 123
第六章 / 150
第七章 / 177
第八章 / 211
普希金原注 / 247
奥涅金的旅行片断 / 255
第十章 / 268

《叶甫盖尼·奥涅金》别稿 / 276

译者前言

俄国诗人亚历山大·谢尔盖耶维奇·普希金(1799—1837)的名字对你一定是并不陌生的。他是我们中国广大读者最为喜爱的外国诗人之一,也是最早被介绍到中国来的外国作家之一,我国人民读他的作品已经一百多年了。

你一定也知道,普希金的代表作是这部写于1823—1830年间的诗体长篇小说《叶甫盖尼·奥涅金》。这是普希金最伟大、影响最深远、读者也最多的作品。它以优美的韵律和严肃的主题深刻反映俄国19世纪初叶的现实,提出生活中的许多问题,被俄国批评家别林斯基誉为"俄国生活的百科全书和最富有人民性的作品"。在这部独特的作品中,你可以读到许多生动感人的情节,见到一个个栩栩如生的人物,欣赏到各种各样当时俄国生活的真实画面,而且所有这些都是用格律严谨、语言流畅的诗句写出的。在这部诗体长篇小说中,作家以高度简洁凝练的笔法叙述故事,描写风景,刻画人物,展示生活,表现出了他全部的思想高度和才华。

下面,就让我们一同来阅读、了解和欣赏这部不朽的世界古典文学名作吧。

1

《叶甫盖尼·奥涅金》这部诗体小说是以书中男主人公的名字命名的。诗人通过这个典型的艺术形象反映生活的真实,传达他对现实人生的看法和他对人类本性的观察与了解,其中包含着非常丰富的内涵。

奥涅金出身贵族,养尊处优,有很高的智慧和教养;他对当时俄国的现实不满,愤世嫉俗,玩世不恭。但是他又生性懦弱,既不能和生活中的恶正面对抗,也不能挺身而出,对社会作出什么积极的贡献。他有时还表现得很自私,比如,为一点小事就开枪打死自己的好朋友。他和他自己所属的贵族上流社会格格不入,但他又是一个消极懒散、一事无成的人,他并不具有一种可以让他下决心抛弃自己贵族生活的远大理想。他没有像十二月党人那样献身人民的解放事业。(普希金在他已经写出的第十章中,曾经描写奥涅金有可能变成十二月党人,但是他最终自己把这一章稿子烧掉,因为这不符合"多余的人"矛盾性格的客观逻辑。)奥涅金的这种思想与性格特征使他在社会生活中无所适从,于是,他成了一个"多余的人"。像他这样的人,在1825年前后的俄国是很多的。俄国作家赫尔岑说:"每走一步路都会碰见他(这样的人)。"这种人如果想改变他们的"多余"处境而又不甘心堕落,唯一的出路就是走向人民,但是像奥涅金这样的人做不到这一点。

普希金通过奥涅金这个形象写出了当时俄国一代贵族青年所共有的思想与性格特征。俄国文学中描写了许多这样的人物,奥涅金是这些多余人形象的始祖。多余人形象在19世纪初叶俄国文学中的出现,说明现实生活中已经有了相当强大的进步力量。俄国文学批评家杜勃罗留波夫说,这样的文学形象是在一种"新生活的微风"熏陶下产生的。普希金在奥涅金这个形象身上,写出了俄国社会的变革与发展。

奥涅金这个多余人形象有其文学发展史上的来源。文艺复兴以后,世界文学开始强调个性的自由和人性的全面发展。但丁、拉伯雷、薄伽丘、莎士比亚、塞万提斯等作家之所以伟大,就在于他们使人和人性成为文学的真正主题。普希金继承和发扬了世界文学中这一伟大的人文主义传统,并且在前辈打下的基础上再作发展。他在多余人形象的塑造上更加深入而具体地探索和表现了人性,揭示出人性中固有的个体与社会的矛盾。尤为可贵的是,普希金还对奥涅金身上许多个人主义的东西提出批判,暗示出一种超越个体自我以解决这一矛盾的途径,从而继承和发展了世界人文主义文学传统的积极的内核。这使《叶甫盖尼·奥涅金》在世界文学史上拥有崇高的地位,奥涅金这一形象也因此具有全人类的普遍意义。

"多余的人"的形象并不仅仅在俄国文学中才有,当时欧洲文学中那些"世纪病"患者形象,20世纪美国文学中"迷惘一代"的形象,中国现代文学中的"零余人"形象,都是他们自己时代和环境中的多余人。叶甫盖尼·奥涅金在世界文学的多余人群像中,是塑造得最为深刻而完美的一个。由于多余人形象所具有的人类共性,它的影响也就超越了时空,这就是奥涅金这个外国文学中的人物至今仍能吸引和打动我们的原因。

作品的女主人公达吉雅娜是普希金为俄国生活树立的一个"理想"。作家称她为"我可爱的女幻想家"和"我的可爱的理想"。这个淳朴、高尚、纯洁而又美丽的女性身上,体现着俄罗斯人民和俄罗斯民族的品质与力量,她是一个"具有俄罗斯灵魂的姑娘"。达吉雅娜和俄罗斯人民有着密不可分的联系,连她的名字也是一个普通的俄国乡下姑娘的名字。达吉雅娜对当时的俄国社会抱有批判的态度,这是她和奥涅金之间的共通点,是他们的爱情发生发展的基础。但是达吉雅娜又在许多方面超越了奥涅金。达吉雅娜宁肯放弃她的爱情和幸福,也要忠实于自己做人的原则,她达到了一种比奥涅金高出许多的人生境界。作为一个女性,那个时代并未向她提出什么斗争和献身的要求,而她却能够以其自己的方式,在她所具有的条件下,表现出自己对现实社会的反抗来,并且做出了极大的自我牺牲。她的确是一位十分独特、与众不同的姑娘,是19世纪俄国文学中品位最高的一个女性形象。

在《叶甫盖尼·奥涅金》中,普希金用达吉雅娜身上的光辉与奥涅金身上的某些光辉相互映照,着意描写了他俩所共同拥有的对社会的批判态度;而同时,作家也用达吉雅娜的优点和奥涅金的缺点相对比,以此启发读者认识到,在社会上做人,应该时时注意超越狭隘的自我,必要时要能够牺牲个人利益,以求达到一种更高层次的人生境界。达吉雅娜形象的价值正在于此。然而,不仅是在一百多年前的俄国,就是在今天世界上,能够做到这一点的人也不是很多。因此,作家一再地称她为"我的理想"、"我的可爱的理想"、"我可爱的女幻想家"。

《叶甫盖尼·奥涅金》中的其他人物与这两个主要人物一同构成一个完整的形象体系。他们各自具有自己的特征,共同组成一幅生活背景,把两个主要人物鲜明地托现出来。在奥涅金和达吉雅娜的环境中,其他所有的人都没有奥涅金式的苦恼,更没有达吉雅娜式的超越,他们是一群平凡而渺小的人。即使那位风度翩翩的连斯基基本上也是这样。这位诗人整个一生只是沉溺于自己个人的幻想与爱情,他短暂的生命轻微而浅薄,不能在人世上留下什么痕迹;奥尔加的一生是她母亲一生的再版,她心中只有饮食男女和婚姻家庭的需求,她的未婚夫连斯基一死,她马上便可以羞答答、笑眯眯地去另嫁一个男人。书中还描写了一个名叫查列茨基的人,这个恶棍为了自己卑劣的个人目的,让别人去死也在所不惜。所有这些人物使作品所呈现的生活画面真实而丰富,让作品的主题得以在不同的层面上生动地显现。

2

浪漫主义与现实主义相结合,是《叶甫盖尼·奥涅金》这部普希金的代表作在艺术上的主要特点。我们在上文中谈了这部作品真实反映现实生活的一面,现在再让我们来谈一谈它的浪漫主义的一面。

普希金于1823年11月4日从南方给他的朋友维亚泽姆斯基公爵写过一封信,其中谈到在他构思《叶甫盖尼·奥涅金》时所想到的这部作品应有的艺术特点。他说:"这不是一部长篇小说,而是一部'诗体长篇小说'。"他同时强调指出,这两者之间有着"Дъявольская(意思是惊人的,异常的,极度的,大得不得了的)差别"。作家本人的这句话对我们启发很大。我们知道,在当时俄国文坛,长篇小说一般被认为是属于现实主义范畴的,而诗歌则属于浪漫主义范畴。作家这句话不仅告诉我们,他写这部作品是运用了现实主义和浪漫主义相结合的创作方法,而且告诉我们,用这样的方法写出的作品与其他长篇小说是多么地不同。

普希金在《叶甫盖尼·奥涅金》出版时,特地在封面上标明这部诗歌是一部长篇小说。(这与同时代的俄国作家果戈理的做法相同。我们知道,《死魂灵》也是一部现实主义与浪漫主义相结合的不朽名作。果戈理在出版《死魂灵》时,曾特地标明这部长篇小说是一部"长诗"。)在普希金有关《奥涅金》的别稿中,保存有一篇他为《奥涅金》第一章初版所写的序文,其中明确谈到,《奥涅金》和他的浪漫主义长诗《高加索的俘虏》在艺术上有着深刻的联系。就是在《叶甫盖尼·奥涅金》作品本身中,普希金也没有忘记把作品的浪漫主义特点向读者指出来。请看作品第一章第二节的第五行,这里他便告诉读者,奥涅金是他早年浪漫主义长诗《鲁斯兰与柳德米拉》中的主人公的"朋友"。在普希金为这本书所写的注释的第五条中,他还称自己为"浪漫主义作家"。以上这些作者本人的直接陈述,有助于我们全面地理解这部作品。

《叶甫盖尼·奥涅金》的浪漫主义特点首先表现在形象体系的配置上。如果说奥涅金形象主要体现了作品的现实主义的一面,那么达吉雅娜形象则主要体现了它的浪漫主义的一面。达吉雅娜在作品中是作为一个在真和善的基础上树立起来的美的理想而出现的。她是一个超乎现实之上的形象。普希金把自己对女性美的一切憧憬和向往都集中地表现在她的身上。我们看见,达吉雅娜从出生到长大,到恋爱、结婚……她在生活中每一环节上的表现、感受、反应都和周围其他的女性不同。在她的头顶上似乎有一圈令她显得与众不同的神圣的光辉,难怪陀思妥耶夫斯基称她为"圣像"。

作品中凡是有达吉雅娜出场的章节中,作家都大量使用浪漫主义文学所惯用的抒情手法,描写了不少风俗、梦境。我们发现,作家在描写这个人物时,摆脱了许多现实主义文学中描写人物所必须有的细节,比如,作品中甚至连达吉雅娜丈夫的姓名都没有提到过,也没有一行诗写到她婚后的家庭生活。达吉雅娜所做的那些事情(比如,主动给男性写信求爱,一个人独自漫游等),是当时的大家闺秀都不会也不敢去做的。这显然不是我们所熟知的现实主义的手法。作家极力想通过这个人物来传达的,是他自己心目中的希望与追求,是他主观的创作意图和需要。因此,达吉雅娜这个形象便具有了相当程度的单纯性和理想性,而正是这个形象的这种浪漫主义性质,使她,也使整个作品,拥有了不同凡响的光芒。

  浪漫主义文学的一个特点是崇尚大自然。从奥涅金和达吉雅娜两人与大自然的不同关系上,我们也可以看出这两个形象所体现的不同的艺术创作方法。作品中全部的自然之美都集中地表现在与达吉雅娜有关的事物和场景中。她本身的容貌、性格、思想、感情、爱好、习惯,以及她的朴素的名字,都体现出一种超凡脱俗的意味。奥涅金是一个属于喧嚣的城市生活的人,他生在城市,长在城市,尽管他对城市生活不满,来到了农村的大自然怀抱中,但最终他还是背弃了大自然而回到城市去。而达吉雅娜则是一个属于农村、属于大自然的人物。她生在农村,长在农村,她对城市中的声色犬马感到厌烦,即使到了莫斯科的上流社会里,她依然终日思念着她的恬静的溪流、牧场,思念她奶娘墓地上的一抔黄土。作家在这个人物身上集中地歌颂了大自然,把大自然的纯真完美作为体现人类品格与理想的最高标准。普希金的朋友丘赫尔别凯说,达吉雅娜身上有普希金自己。这个普希金就是一个理想主义者、浪漫主义者的普希金。《叶甫盖尼·奥涅金》中那些描写达吉雅娜在农村环境和大自然中的场景,充满着浪漫主义的热情与向往。从这一点来看,我们可以说,达吉雅娜这个形象以及《叶甫盖尼·奥涅金》的浪漫主义特色,也反映出这部作品的民主性和人民性。

  在《叶甫盖尼·奥涅金》的总体艺术氛围中所浸透的那种作家

的主体意识,也是作品浪漫主义创作方法的重要表现。在这部作品里,普希金时时都在以他崇高的精神世界与他所描绘的丑恶现实相对抗。这种自觉的对抗给诗人的灵感以自由驰骋的力量和畅抒胸怀的诗情。读者想必已经注意到,在这部作品中,你处处可以见到一个生动明朗的"我"的形象,《奥涅金》中的这个"我",和一般小说中第一人称的故事叙述者不同,它是原原本本的作家自己,它毫无隐讳地把普希金自己的立场观点展示出来,表现出作家的亲疏爱憎与喜怒哀乐,同时也倾述他的友谊、爱情和他种种的人生遭遇与体验,甚至表达他的文艺观点。作家通过这个毫无掩饰的"我",把自己交织进作品的形象体系中,这个"我"不仅是奥涅金的朋友,也是达吉雅娜的崇拜者,对达吉雅娜这位美好的人儿怀有深深的爱。达吉雅娜写给奥涅金的那封无价的情书也是他在珍藏着。正是《叶甫盖尼·奥涅金》中的这个"我",使作品成为一部充满浪漫主义情调的"诗体长篇小说",而不是一部一般的长篇小说。

  《奥涅金》中的这个"我"在作品中那些优美的抒情插笔中表现得最为酣畅。请读者务必特别仔细地阅读这些抒情的诗节。在这些诗节中,作家作为一位抒情主人公随时随地纵情吐露自己的心怀。从一般现实主义小说的结构方式看,这些抒情插笔好像只是一种离题的闲话,无关作品宏旨,而在这部富有浪漫主义色彩的独特作品中,它是作品主题的深化、思想的展开、题材的扩大和艺术独创性的具体体现。它是作品不可缺少的组成部分。这里有着普希金作为一位诗人的最为真切的心声。它为这部作品带来优美诱人的、拜伦式的风格与色调。

  《叶甫盖尼·奥涅金》与俄罗斯民间口头文学的紧密联系也是它浪漫主义特色的一种表现。小说中大量的细节采自俄国民间习俗与传说,这些主要都围绕达吉雅娜形象而出现。达吉雅娜在浴室中的占卜,她的那场奇异的梦,她与奶娘的一场对话,她在自然美景中女神似的漫游,以及她所听到的女们采摘果子时所唱的歌……这些篇章都共同烘托出一种美妙的诗情画意。《叶甫盖尼·奥涅金》中的这些俄罗斯民间文学因素,令我们想起斯塔尔夫人在谈到欧洲浪漫主义时所说的一句话:"用我们自己的感情来感动我们自己。"普希金是一个纯粹的俄国的诗人,他的浪漫主义深深扎根于俄罗斯的泥土中。

3

普希金从拜伦那里学来诗体小说这种艺术形式,又加以发展和改造,使之成为俄国文学中具有民族特色的作品。诗体小说是小说,也是诗,它的贯穿作品整体的外在诗歌特征,是由它的格律形式来体现的。《叶甫盖尼·奥涅金》在这一点上尤其别具特色。它所使用的格律是作家专门为写这部书而创造的。这一独特的格律被文学史家命名为"奥涅金诗节"。"奥涅金诗节"的特点是我们在阅读和欣赏这本书时必须首先留意的。要知道,《叶甫盖尼·奥涅金》中的这个"奥涅金诗节"是前无古人、后无来者的。

普希金根据欧洲文艺复兴以来流行的十四行诗格律,参照它在各个不同国家、不同诗人笔下的变化与发展,同时考虑到俄语词汇的音节重音特点,创造性地为自己制定了这一独特的格律。普希金在诗歌形式上对欧洲诗歌传统的继承与发展,和他在作品内容上对欧洲文艺复兴以来文学中的人文主义思想的继承与发展之间有着内在的、必然的联系。

"奥涅金诗节"规定:长诗中的基本单元是诗节,每一诗节中包含十四个诗行,每一诗行中包含四个轻重格音步,每音步两个音节;这十四个诗行中,结尾为轻音者(阴韵)占六行,每行九个音节(最后一个轻音节不构成音步);结尾为重音者(阳韵)占八行,每行八个音节;阴阳韵变换的规律和诗行间押韵的规律之间又有严格的配合,这十四行诗的押韵规律是:

a b a b c c d d e f f e g g

即:第一个四行为交叉韵,第二个四行为重叠韵,第三个四行为环抱韵,最后两行又是重叠韵;而其阴阳韵变换的规律(用每行不同的音节数目表示)则是:

9 8 9 8 9 9 8 8 9 8 8 9 8 8

这两者交织在一起,再加上每行诗中四音步轻重格的节奏起伏,便共同形成了每个十四行的诗节中固定不变的优美的音韵与格调。《叶甫盖尼·奥涅金》整部作品共有四百二十多个诗节(另外还有一些别稿)。除了由于内容需要,书中的一篇献词、两封书信、一首民歌和别稿中的几节"奥涅金的笔记"另有特点之外,全诗都是严格按照这一"奥涅金诗节"的格律规定一贯到底的。这样,《叶甫盖尼·奥涅金》这部作品便具有了一种它所独有的、非常工整、和谐、严密的艺术形式,读来绵绵不绝,优美而舒展,好似一条均匀起伏而又汹涌畅流的、宽阔的、滚滚向前的诗的大河,既有其不断反复的基调,又谨守其严格的内在规律,承载着它的变化万千的情节,不断地向前发展。它极其富有节奏感和音乐性,饱含深沉诱人的魅力,给你一种动人心魄、引人入胜的享受。在普希金写出《叶甫盖尼·奥涅金》之后,俄国文学史上,只有他的当之无愧的继承者莱蒙托夫一人,使用这一格律写出过一篇五十余节的诗体小说《唐波夫财政局长夫人》,此外再无其他诗人敢于问津。

4

这里再讲几句关于翻译的话。

翻译必须尽可能在各个方面忠实于原作。既要努力传达原作的"神",也要努力传达原作的"形"。因为原作的神是寄于它的形之中,依靠它的形而存在而表现的。翻译者不应该做让作品"神不守舍"的事,而应该尽可能努力,使译文与原作"神形兼似"。在翻译诗歌作品时,更是必须如此。也就是说,在我们把外国诗歌翻译成汉语时，除文字意义和语言风格上的忠实以外，还应该尽可能地把原作的格律特点表现出来。

诗歌格律的主体是它的节奏规律和押韵规律，这一点古今中外的诗歌都是共同的。就"奥涅金诗节"来说，每节十四个诗行、每行四个轻重格音步形成它的最基本的节奏规律，而前述的那种每一节十四行诗中固定不变的ａｂａｂｃｃｄｄｅｆｆｅｇｇ的韵脚则是它的押韵规律。

虽然汉俄两种语言体系有其极大的差异，但是，我们在翻译这部诗歌作品时，把原作在艺术形式上的这两个主要特点传达给读者还是应该做到的。原诗的每一音步中只有两个音节（在阴韵诗行中最后一个音步多一个非重音音节），在我们用汉语表达时，很难让汉语字数与俄语这种拼音文字的音节数相等，强行做来会因文伤义。经过长期探索和实践，我们发现，可以这样来解决问题：用汉语意群和每一意群中所包含的一次或几次停顿（停顿是相对的，一个意群在朗读时往往可以有超过一次的停顿）所形成的一个或几个词组，来传达原诗的一个或几个音步；用一个词组来表达原诗的一个音节；用每一词组中的一个重读汉字来表达原诗每一音步中的一个重音。事实证明，这样做基本上可以行得通。虽然每一汉语意群或停顿中所包含的汉字字数不同，可能是一个、两个、三个，甚至更多，这使诗行长短参差不齐，但是我们知道，原作每一音步中的字母数并不一样，诗行的长短也是参差不齐的。现在还留下的一个缺憾是，我们还没办法让汉语译文中的重读音像在俄语原作中那样依轻重交替、一轻一重的"轻重格"规律出现。这个缺憾是否能够克服，我的确还不知道，只能在这里求教于高明。不过事实证明，我们现在的译法已经能够让广大读者在阅读翻译文本时更多地接近原作，也使中俄两种不同文字的诗歌之间有了更多交流和借鉴的可能。尽管做来相当地苦，犹如"画地为牢"，或者用前辈翻译工作者的话来说，是"带着镣铐跳舞"。在我们这个译本初版至今的二十多年间，这种译法已经得到普遍的认可，许多读者告诉我说，他们从这样的译文中体会到了原作的某些艺术形式的特点。这样看来，吃这点苦还是值得的。

黑格尔老人在他的《美学》第三卷中说："诗可以由一种语言译成另一种语言……尽管音调变了，诗的价值却不会受到严重的损害。"不过，要想把一部作品一下子译得尽善尽美是很不容易的，我们的这个译本的第一稿就译了二十年，这回又大大地再修改了一次。不过，我想，只要我们大家继续不断地努力，总有一天我们能够把《叶甫盖尼·奥涅金》以及世界上所有的诗歌杰作全都很好地翻译成汉语，贡献给中国读者。在这里，我要感谢吕荧先生和查良铮先生，他们的译本出现在我的译本之前，他们译文中的成败为我的工作提供了有益的参考。在这一次的校改工作中，我又参阅了目前我国已经出现的其他几位先生的译文，学习他们的优点，汲取他们的教训；我也从几部德语和英语的译本中得到处理文句的启发。美国普林斯顿大学出版的俄裔美国作家纳博科夫先生的英译本和他为《奥涅金》所做的详尽注释给我在理解原作方面帮助很多。谨在这里向这些先生们致谢。

四十多年来，在这件翻译工作中给过我帮助的师友们还有许多，我衷心感谢他们。

我还应该感谢你，亲爱的读者朋友，感谢你肯花时间和精力来阅读这个译本。我期望得到你的批评意见，让我在今后再做的校改中，把译文质量进一步提高。

智　量

叶甫盖尼·奥涅金

　　Pétri de vanité il avait encore plus de cette espèce d'orgueil qui fait avouer avec la même indifférence les bonnes comme les mauvaises actions, suite d'un sentiment de supériorité, peut-être imaginalre

Tiré d'une lettre particulière. ①

---

① 法语：他非常虚荣，不仅如此，还特别骄傲。由于这个特点，他对自己的善行和恶行都同样无动于衷地承认下来——这是一种可能是臆想的优越感造成的后果。（录自一封私信）

(献辞)①

为珍惜友人亲切的情意,
不取悦傲慢的上流社会,
我本想献一件珍品给你,
想让它更能够和你媲美,
更配得上你美好的心灵:
你心中充满神圣的梦幻,
充满生动的明丽的诗情,
充满纯朴和崇高的思念;
但就这样了——请收下这份
杂乱诗意,用你偏爱的手;
有的章节可笑,有的伤感,
有的粗俗,有的显得浪漫,
这是我飘忽的灵感、交游、
我的失眠和早衰的年华、
我的心所看到的伤心事
和我头脑的冷静的观察
结出的一颗草率的果实。

---

① 这是普希金给他的朋友、诗人和批评家,积极参加普希金作品出版工作的彼得·亚历山德罗维奇·普列尼奥夫(1792—1865)的献辞。

急匆匆生活,来不及感受。

——维亚泽姆斯基公爵

一

"我的最讲究规矩②的伯父,
他不是开玩笑,已经病倒,
还要人家对他恭敬如故,
他想得真不能比这更妙。
他的榜样值得别人学习,
可是,天哪,这可真是闷气:
日日夜夜得把病人守望,
一步也不离开他的身旁!
这是个多么狡诈的花招:
讨个半死不活的人高兴,
要给他把枕头摆好、扶正,
哭丧着脸给他端汤送药,

---

① 本章1823年5月9日开始写起,10月22日在敖德萨完成。后来又修改增删,1825年2月18日单独出版。第一章单独发表时,在"前言"(见"别稿"部分)之后,有一篇题为《书商与诗人的谈话》的诗。最后还有一个注释:"请注意,这篇文章中所有用虚点表示的空白,都是作者自己空出来的。"当时的检查制度禁止用虚点表示被检查官删去的地方,所以作者写了这个注释。后来有一段时期,根本不允许用虚点表示任何空白,因此在第四至第七章中,表示空白的虚点已经没有了。
② 最讲究规矩,这是仿克雷洛夫寓言《驴子和农夫》中的一句写成的,克雷洛夫的原句是:"这驴子是最讲究规矩的。"

一边叹气一边心里算计:
哪一天鬼才会过来抓你!"

二

年轻浪子这样左思右想,
他正乘车在尘土中飞奔,
宙斯①的意志是至高无上,
他是所有亲族的继承人。
柳德米拉、鲁斯兰②的朋友!
请允许我,连序文也没有,
把小说主人公,开门见山,
马上介绍来和你们会面:
我这个好朋友,叶甫盖尼,
他正就诞生在涅瓦河畔③,
那里您或许显耀过一番,
读者啊,你或许生在那里;
我也曾在那儿游荡散步,
但北方④对于我却有害处。[1]

三

他父亲曾居于高官显位,
但却是一向靠借债为生,

---

① 宙斯:希腊神话中的主神。
② 柳德米拉、鲁斯兰,普希金长诗《鲁斯兰与柳德米拉》中的女主人公和男主人公。
③ 涅瓦河畔,指彼得堡。
④ 北方,暗示作者1820年被流放南方。这里句末的[1]以及后文中出现的圆括号中的数码,是普希金本人所加的注释,共44条,均排在正文第八章之后。

他每年办三次家庭舞会，
终于把财产都挥霍干净。
叶甫盖尼有命运来保佑：
起初一位 Madame① 把他伺候，
后来一位 Monsieur② 前来替代；
孩子虽是淘气，却也可爱。
Monsieur L'Abbé③，一个穷法国人，
他为了不让这孩子吃苦，
教他功课总是马马虎虎，
不用严厉说教惹他烦闷，
顽皮时只轻轻责备一下，
还常常带他去夏园④玩耍。

四

然而已经是不安的青春，
到了希望和情愁的时候，
奥涅金他已经长大成人，
Monsieur 他便被从家里赶走。
我的奥涅金得到了解放，
头发剪成最时髦的式样，
衣着和伦敦的 dandy 一般；[2]
终于在社交界抛头露面。
他无论是写信或是说话，

---

① 法语：太太。
② 法语：先生。
③ 法语：阿贝先生。
④ 夏园，彼得堡的一处皇家园林。

法语都使用得非常纯熟；
他会灵巧地跳马祖卡舞①，
鞠躬的姿态也颇为潇洒；
还缺什么？大家异口同声
说他非常可爱，而且聪明。

五

粗浅的、一知半解的教育，
我们大家全都受过一点，
因此，感谢上帝，为此夸诩，
在我们这里并不觉困难。
奥涅金，按照众人的评议
（这些评论家都果断严厉），
有点儿学问，但自命不凡，
他拥有一种幸运的才干，
善于侃侃而谈，从容不迫，
会不痛不痒地谈天说地，
也会以专家博学的神气
在重大争论中保持沉默，
也会突然用警句的火花
把女士嫣然的笑意激发。

六

如今拉丁文早已经过时，
真的，如果对您实话实说，

---

① 马祖卡舞，一种波兰民族舞。

用它来读点书前的题词,
他懂的拉丁文也还够多,
能把鲁维纳尔①谈上一谈,
能写个 vale② 在信的后边,
长诗《伊尼特》③也背得几行,
虽则难免记错几个地方。
他不曾有过丝毫的兴致,
钻进编年史的故纸堆里,
去发掘地球生活的陈迹:
但过去时代的奇闻趣事,
从罗姆勒④开始直到如今,
他全记得,说来如数家珍。

七

吟哦推敲,生命在所不惜——
他没有这份崇高的激情,
不管我们花去多大气力,
扬抑格、抑扬格,他分不清。
咒骂荷马和费奥克利特⑤,
但读亚当·斯密⑥还有心得,
像个经济学家,莫测高深,
就是说,他还好发发议论:

---

① 鲁维纳尔,公元1世纪末2世纪初罗马帝国的讽刺诗人。
② 拉丁语:安好!
③ 《伊尼特》,古罗马诗人维吉尔(前70—前19)的长诗。
④ 罗姆勒,传说中的罗马第一个君主。
⑤ 费奥克利特,古希腊田园诗人。
⑥ 亚当·斯密(1723—1790),英国经济学家,西方古典经济理论的鼻祖。

国家怎样才能生财有道,
靠什么生存,是什么理由,
当拥有天然物产的时候,
黄金对于它也并无需要。
而父亲始终不能理解他,
总是要把田产送去抵押。

八

叶甫盖尼还懂其他学问,
对于这我无暇一一缕述;
但他的最最拿手的一门,
他的真正的天才的表露,
他从少年时便为之操劳、
便为之欣慰,并为之苦恼,
把它整日里长挂在心头,
整天价懒洋洋满怀深忧、
念念不忘的,是情的学问。
这学问奥维德①曾歌唱过,
他为之受尽人世的折磨,
度过他光辉多难的一生,
远远离开自己的意大利,
死于摩尔达维亚②的草地。

九

······

---

① 奥维德(前40—公元17),古罗马诗人。
② 摩尔达维亚,即今欧洲东南部国家摩尔多瓦。

……………………
………………

十

他过早地学会以假当真,
他会隐瞒希望,也会忌妒,
会让你死心,会让你相信,
会装得憔悴,会显得愁苦,
有时会高傲,有时会顺从,
或全神贯注,或无动于衷。
沉默不言时,又多么惆怅,
花言巧语时,又热情奔放,
写情书时多么轻率随便!
为一件事而活,爱得专一,
他是多么善于忘却自己!
眼神多么急速,情意缠绵,
羞怯又大胆,并且有几回
竟还闪烁着顺从的热泪。

十一

他是多么擅长花样翻新,
逗引无邪的心不胜惊异,
用现成的绝望来吓唬人,
用悦耳的奉承讨你欢喜,
善于运用那柔情和头脑,
去抓住含情脉脉的分秒,
去征服天真幼稚的偏见,

去取得情不自禁的爱怜,
恳求和索取爱情的吐露,
谛听心灵的最初的音律,
步步为营地把爱情猎取——
突然就达到幽会的程度
随后便和她单独在一起
从容地教她懂一点事理!

十二

他很早就懂得怎样挑逗
老练的风流娘儿们的心!
一旦有意要把他的敌手
从情场上扫得干干净净,
他又会多么恶毒地诽谤,
为他们布下怎样的罗网!
而你们这些幸福的丈夫
却仍旧和他朋友般相处:
喜欢他的有个多疑老汉,
福布拉斯①的多年的门下,
还有个丈夫非常地狡猾,
有个戴绿帽的,神气活现,
他总是对自己非常满意,
满意自家饭菜、自家发妻。

---

① 福布拉斯,法国作家库弗雷(1760—1797)的小说《福布拉斯骑士奇遇记》的主人公,一个轻浮放荡的风流人物。

十三、十四

....
....
....

十五

往往,当他还在床上高卧:
已经有人送来一些短简。
是什么?是不是请帖?不错,
共有三家人请他去赴宴:
又是舞会,又是孩子生日,
浪荡的公子去哪家才是?
究竟先去谁家?这没关系:
每一家都走到也来得及。
这会儿,穿上清晨的便服,
戴一顶玻利瓦尔的小帽,[3]
奥涅金乘车去林阴大道,
且在那舒畅地散一会步,
直到怀中不休息的闹表
把午餐的时刻向他报告。

十六

天已经昏黑:他乘上雪橇。
"让开!让开!"只听一阵叫喊;
那寒霜点点银光般闪耀,

把他的海狸皮衣领盖满。
他向着 Talon[4] 驰去,他相信
卡维林①已经在等他光临。
他来了:瓶塞飞向天花板,
彗星酒②喷出如泉水一般;
带血的 roast-beef③ 座前恭陈,
香菇,这青春年代的豪华,
法式大菜中那最香的花,
新鲜的斯特拉斯堡肉饼,
林堡④新鲜奶酪,金色菠萝,
山珍海味,摆了满满一桌。

十七

他们想再开怀痛饮几杯,
好把烤牛排的油腻冲淡,
只听得闹表铃声声在催,
一场新的芭蕾已经开演。
这位能号令剧坛的煞神,
能出入后台的可敬公民,
他见漂亮女角便会陶醉,
可又朝三暮四,常换口味,
这时候他正向剧院奔来,

---

① 彼·帕·卡维林(1794—1855),俄国革命组织"幸福同盟"的成员。普希金还在学生时代,就和他作了朋友。
② 彗星酒,指美酒。1811年法国南部葡萄丰收,同年秋天又出现一颗非常明亮的彗星,因此普希金时代 1811 年的法国南部葡萄酒以"彗星酒"的称号而闻名。
③ 英语:烤牛排。
④ 林堡,比利时城市,以产奶酪闻名。

剧院里,人人都享有自由,
兴奋时,随着 entrechat①拍手,
给费德②、埃及女王③喝倒彩,
呼喊让莫伊娜④出来谢幕
(只是想引来别人的注目)。

十八⑤

诱人的场所!当年冯维辛⑥,
自由之友,勇敢的讽刺师,
善于模仿的科尼雅什宁⑦,
都曾经在那儿显赫一时;
奥泽罗夫⑧也曾经在那里,
跟年轻的谢苗诺娃⑨一起,
接受不停的眼泪和掌声;
还是那里,我们的卡杰宁⑩

---

① 法语:舞蹈中的跳跃。
② 费德,法国悲剧作家拉辛(1639—1699)同名悲剧的女主人公。
③ 埃及女王,指古埃及女王克里奥佩特拉,以美和淫荡著称。此处指何角色,不详。
④ 莫伊娜,奥泽罗夫的悲剧《芬加尔》的女主人公,当时著名的女演员 A·M·科洛索娃常演这个戏。
⑤ 这一节和下一节是 1824 年以后作者补写的。
⑥ 冯维辛(1745—1792),俄国著名喜剧作家。
⑦ 科尼雅什宁·雅柯夫·玻利索维奇(1742—1791),俄国剧作家,写过一些悲剧和喜剧,多为西欧作品的模仿。
⑧ 费拉基斯拉夫·亚历山德罗维奇·奥泽罗夫(1769—1816),俄国剧作家,他的《狄米特里·顿斯科伊》等悲剧曾轰动一时。
⑨ 叶卡捷林娜·谢苗诺芙娜·谢苗诺娃(1789—1849),俄国著名的女悲剧演员,农奴出身,普希金曾热情地评论过她的演出。
⑩ 帕维尔·亚历山德罗维奇·卡杰宁(1792—1853),俄国诗人,法国剧作家高乃依许多作品的译者。

使高乃依①伟大天才复活；
沙霍夫斯科伊颇为尖刻②，
他的热闹喜剧演过几个，
扬过名的还有个狄德罗③；
在那里，那舞台的侧幕边，
我的青春啊，一去不复还。

十九

我的女神们！你们在何方？
问候！请听我悲哀的声音；
你们没变化吗？别的姑娘
已前来接班，代替了你们？
能否再听到你们的合唱？
能否再一次地亲眼欣赏
俄罗斯舞神④美妙的飞旋？
沉闷的台上，我抑郁的眼
也许再找不到熟悉面庞，
当我举起失望的观剧镜
对准眼前这陌生的人群，
独自把欢乐冷漠地窥望，
我只能无言地打个呵欠，
在心头暗自去缅怀当年。

---

① 高乃依（1606—1684），法国悲剧作家。
② 亚历山大·亚历山德罗维奇·沙霍夫斯科伊（1777—1846），俄国喜剧作家，普希金时常参加他家的戏剧界人士聚会。
③ 狄德罗，指夏尔·路易·狄德罗（1767—1873），当时一位著名的芭蕾舞导演，曾把普希金的一些作品搬上舞台。
④ 舞神，原文为忒耳西科瑞，希腊神话中九位缪斯之一，主管舞蹈。

二十

剧场客满,包厢灯火辉煌,
正厅和池座中一片沸腾;
楼座里正在烦躁地鼓掌,
帷幕咝咝响着缓缓上升。
伊丝托米娜①伫立在中间,
她容光焕发,似飘然欲仙,
和着乐队那神奇的琴音,
一大群仙女正将她围紧,
一只纤足在慢慢地旋转,
另一只纤足又轻轻点地,
忽然纵身跳跃,腾空飞起,
飞啊,似羽毛在风神②嘴边;
轻盈的细腰弓下又直起,
敏捷的秀足在互相碰击。

二十一

掌声阵阵,奥涅金走进来,
擦过别人膝盖挤进池座,
包厢里一位陌生的太太,
被他拿观剧镜斜眼一睃;
再把各层席位横扫一遍,

---

① 阿芙托吉亚·伊里依尼奇娜·伊丝托米娜(1799—1848),当时俄国著名的芭蕾舞女演员,狄德罗的学生。
② 风神,即埃俄罗斯,希腊神话中的风神。

都看到了,这些面孔、打扮,
令他感到非常不能满足;
他跟四边男人打过招呼,
目光才懒懒地落在台上,
显得十分冷漠,心不在焉,
再转过身去,——打一个呵欠。
说一句:"全都该换换花样,
芭蕾舞我早已不想再看,
狄德罗也让我感到厌倦。"[5]

二十二

舞台上魔鬼、恶龙和爱神,
还在跳跳蹦蹦,吵吵嚷嚷;
门廊里疲惫不堪的仆人
裹在皮大衣里睡得正香,
舞台下观众不停地咳嗽、
嘘演员、擤鼻涕、跺脚、拍手,
剧场里里外外,每个地方
还是灯火通明一片辉煌;
冻僵的马在拼命地挣扎,
要把那讨厌的缰绳甩脱,
车夫们围成一圈在烤火,
一边搓着手,把老爷咒骂,——
奥涅金却已经退出剧场,
他正要回家去更换衣装。

二十三

我可否用支忠实的画笔
来描绘他那深居的房间?
这讲究衣装的模范子弟,
在那儿穿了脱、脱了又穿。
伦敦会做服装、脂粉生意,
为迎合各式各样的怪癖,
把商品由波罗的海运来,
换走我们的油脂和木材。
巴黎有一股贪婪的风气,
为满足时髦、奢华和消遣,
又事先看准了可以赚钱,
发明些五花八门的东西——
现在便全都被用来装点
这位十八岁哲人的房间。

二十四

桌上摆设着青铜器、瓷瓶,
琥珀烟斗是皇堡①的出产,
雕花水晶瓶里的香水精,
最讨那娇嫩的感官喜欢;
小梳子、小锉子,应有尽有,
小剪刀有直头,也有弯头,
小刷子总共有三十来种,

---

① 皇堡,原文为萨尔格勒,即君士坦丁堡,今土耳其的伊斯坦希尔。

刷牙齿刷指甲用处不同。
卢梭①(只是顺便提一提他)
他不了解庄重的格里姆②
怎敢当着他雄辩的狂夫,
洗刷和修饰自己的指甲。[6]
他虽曾捍卫自由的权利,
在这件小事上却没道理。

二十五

一个人即使是严肃认真,
也不妨关心指甲的美观:
习惯本是个人间的暴君,
何必跟时代无益地争辩?
叶甫盖尼也像恰达耶夫③
他最怕人家挑剔和嫉妒,
他很讲究衣着,不厌其烦,
是一个所谓的纨绔少年。
他至少要用掉三个时辰,
来照那大大小小的镜子,
等到他走出他的化妆室,
飘飘然仿佛维纳斯女神
为赴化装舞会换了衣裳,

---

① 卢梭(1712—1778),法国作家、思想家,启蒙时代民主激进派的代表人物。著有《社会契约论》、《爱弥儿》、《忏悔录》等。
② 格里姆(1723—1807),法国大百科全书的编者之一。18世纪后半叶的著名政界人物。
③ 恰达耶夫(1794—1856),俄国进步思想家,普希金的朋友,著有《哲学书简》。他非常讲究穿着。

穿上了一套男子的服装。

二十六

我已请你们好奇的视线
欣赏过他最时髦的衣服，
还想在博学的人士面前，
再来描绘他是怎样装束；
当然，这需要有点儿胆量，
不过写作原是我的本行，
但是长裤、燕尾服和坎肩①
全都不是俄语里的字眼；
而对不起诸位，我很知道，
即使如此，我这可怜的诗
已夹杂不少外国的语词，
它们本来应该比这更少，
虽然我早先曾不止一遍，
翻查过那部科学院辞典。

二十七

而这都不是当前的话题，
我们最好快去参加舞会，
我的奥涅金坐在马车里，
正向那儿奔去，急驰如飞。
在昏昏欲睡的大街两边，

---

① 长裤、燕尾服、坎肩，这些服装都是西欧传来的，因此它们的名称也是外来语，1789—1794 年间出版的俄国科学院编的《俄国科学院辞典》中没有这些词。

一家家房舍都漆黑一片，
只有两盏灯挂在马车边，
射出快活的光，流水一般，
灯光映照白雪，如像彩虹；
庄严的府第中火烛辉煌，
从窗内向四周射出光芒；
高大的窗户上人影浮动，
人头的侧影晃去又晃来，
有时髦怪物，有小姐太太。

二十八

我们主人公停车在门旁，
一个箭步穿过门卫身边，
沿大理石台阶飞步而上，
伸出手把头发整理一番，
跨进门去。大厅非常拥挤；
音乐的轰鸣已显得无力，
人们正忙着在跳马祖卡，
到处拥挤不堪，一片喧哗；
近卫军官马刺锵锵作响，
美女们纤足不停地飞舞；
跟踪着她们醉人的芳步，
游动着双双火辣的目光，
琴声淹没了时髦妻子们①
那些忌妒的窃窃的议论。

---

① 时髦妻子们，俄国从 18 世纪起用来泛指上流社会不忠的妻子的用语。伊·伊·德米特里耶夫(1760—1837)曾写过一篇具有这样内容的同名小故事。

二十九

在充满欢乐希望的往年,
我也曾爱舞会爱得发狂:
表白心意或是传递信件,
再没有比这更好的地方。
哦,你们呀,可敬的丈夫们,
我向你们表示我的忠忱;
请务必记住我的这句话,
我是想把你们提醒一下。
还有你,妈妈们,可要留意,
把你们的女儿牢牢盯紧,
手中观剧镜要时刻拿稳!
要不啊……要不啊,我的上帝!
我所以在这里要这样写,
因为我已不犯这种罪孽。

三十

唉!只因一味地寻欢作乐,
我曾把几多的生命浪费!
但假如世风不如此败恶,
直到今天我将仍爱舞会。
我爱那如癫似狂的青春、
华丽、欢乐和拥挤的人群,
也爱太太们精心的打扮,
欣赏她们的纤足;依我看,
走遍俄罗斯未必能找出

三双漂亮的女人的脚来。
啊!我很久、很久不能忘怀
那两只脚……尽管冷漠、愁苦,
我却总是记得它们,它们
睡梦中也在搅动我的心。

三十一

何时何地,在哪一片蛮荒,
狂人啊,你才会忘掉了它?
那纤足啊,如今你在何方?
你在哪里踩践春天的花?
你们在东方安逸中娇养,
在那北国凄凉的雪原上,
你们不曾留下一点印记:
你们喜欢有软氍毹铺地,
喜欢踩在上面,气派十足。
早已为了你们,我把荣耀、
对赞扬的渴求,全都忘掉,
忘掉故乡和身受的放逐!
青春的幸福已悄然消逝,
像你草地上轻轻的足迹。

三十二

我的好友!福罗拉①的娇容、

---

① 福罗拉,罗马神话中的女花神和花园女神。

狄安娜①的酥胸实在迷人，
可是忒耳西科瑞②的趾踵
却总让我更为销魂失神。
它，可以给我的贪婪目光
送来那无可估量的报偿，
以它那合乎规范的美丽
勾起我心头蜂拥的希冀。
我爱它啊，朋友爱尔维纳③，
春天它踏上如茵的草原，
冬天它贴着壁炉的铁板，
席间它放在餐桌台布下，
它踩着木地板步入大厅，
踩着花岗岩伫立在海滨。

三十三④

我记得暴风雨前的大海：
我多么羡慕那滚滚波澜，
一浪接一浪啊，汹涌澎湃，
满怀恋情停在她的脚边！
那时我多想跟随着波浪
把嘴贴在她可爱的脚上！

---

① 狄安娜，即希腊神话中的狩猎和月亮女神阿耳忒弥斯。
② 忒耳西科瑞，希腊神话中九位缪斯之一，主司舞蹈。
③ 爱尔维纳，18世纪末至19世纪初俄国诗歌中时常遇见的一个假设的名字。曾在普希金作品中出现过几次。
④ 这一节诗是1824年6月在敖德萨写的，同年10月在米哈伊洛夫斯克村改定准备付印。写这节诗时，诗人利用了他的另一篇诗稿《塔夫利达》(1823)。这节诗中有几行，据М·Н·拉夫斯卡娅-沃尔康斯卡娅(Н·Н·拉耶夫斯基将军的女儿)在她的一本札记中所说，是写关于她的事。

不呵,在我沸腾的少年时,
当过着热情奔放的日子,
我不曾渴望得这样苦痛,
去亲吻年轻的阿尔·米达①,
亲吻她面颊上的玫瑰花,
亲吻她满怀愁思的酥胸;
不,任何时候,冲动的激情
都没这样折磨我的心灵!

三十四

有一段时间我永远难忘!
我把那幸福的马镫抓住,
心头激荡起珍贵的幻想……
我感到手中有一只秀足,
我的想象又在开始沸腾,
又一次我的枯萎的心灵
由于触到它而热血奔流,
又一次恋爱,又一次烦愁……
够啦,再别用絮絮的琴弦
去歌颂那些高傲的美人:
她们不值得我如此倾心,
也配不上我写下的诗篇:
这些迷人精的许诺、目光
都是欺骗,像那双脚一样。

---

① 阿尔·米达,意大利诗人塔索(1544—1595)的长篇叙事诗《解放了的耶路撒冷》的女主人公,这个名字曾经作为一个美丽而放纵不羁的女郎的代表被普遍采用于俄国当时的诗歌中。

三十五

我的奥涅金呢?半寐半醒,
舞会归来便爬上床铺睡觉;
这时候一阵咚咚的鼓声
唤醒熙熙攘攘的彼得堡。
商人起身了,小贩上街头,
车夫慢腾腾向停车场走,
奥荷塔①的女孩正在奔忙,
早晨的雪在她脚下作响,
开始了清晨愉快的喧闹;
百叶窗敞开,青色的炊烟
如同圆柱一般升上蓝天;
德国面包商戴着白布帽
准时开市营业,一如往常,
已经打开他售货的小窗。

三十六

但经过通宵舞会的喧闹,
这个爱欢乐、奢华的儿郎
已精疲力竭,把昼夜颠倒,
在安逸处悄悄进入梦乡。
睡到午后,便又周而复始,
直到清晨,过着同样日子,
同样地单调,同样地多变,

---

① 奥荷塔,彼得堡附近一个产牛奶的地区。

明天还是那样，一如昨天。
但我的奥涅金无拘无束，
享受着美好的青春时光，
尽管情场得意，战果辉煌，
他是否真正地感到幸福？
他花天酒地，又纵情饮宴，
是否依然故我，身体康健？

三十七

不！情感在心中早已僵冷，
他已厌弃社交界的喧嚷；
美人儿会让他一时钟情，
却非他长久思念的对象，
一次次的情变使他厌倦；
朋友和友谊也令他心烦，
因为他并不能一年到头
总是这样喝喝香槟美酒，
吃吃 beef-steaks① 和法国大馅饼②，
每当自己喝得昏头涨脑，
就来发一通满腹的牢骚。
尽管他天赋如火的性情，
可是对斗殴、佩剑和铅弹，
到头来他已经不再喜欢。

---

① 英语：牛排。
② 法国大馅饼，原文为斯特拉斯堡大馅饼。

三十八

患上这种病是什么缘故,
早就应该去查一个究竟,
有点像英国的肝气不舒,
简单说:是俄国的忧郁病
慢慢地逐渐地控制了他;
真该谢天谢地,对于自杀,
他还没打算去试一试看,
但他对生活已完全冷淡。
像 Child-Harold① 那样阴沉,
当他在人家客厅里出现,
波士顿纸牌,人们的流言,
多情的顾盼,傲慢的悲愤,
也都拨动不了他的心弦,
眼前一切他都看不上眼。

三十九、四十、四十一

....
....
....

---

① 英语:恰尔德·哈罗尔德。恰尔德·哈罗尔德是英国诗人拜伦(1788—1824)的长诗《恰尔德·哈罗尔德游记》的主人公。

四十二

上流社会的这群女妖怪!
他最先抛开的就是你们;
说真话,在我们这个时代,
高尚的谈吐真叫人烦闷;
虽然或许另有一些才女
也会讲点儿边沁或沙伊①,
但一般来说,她们的言谈
虽天真无邪,却令人难堪;
何况她们显得那样清白,
那样庄重,那样伶俐聪明,
那样笃信上帝,满怀虔诚,
那样小心谨慎,那样正派,
那样让男人不敢去亲近,
看面孔就使你害忧郁病。[7]

四十三

还有你们啊,漂亮的姑娘,
你们一直到夜深人静时
依然在彼得堡的大街上
驾一辆马车飞快地奔驰,

---

① 边沁(1748—1832),英国伦理学家、法学家、哲学家,资产阶级功利主义学说的主要代表,马克思说他是"布尔乔亚狭小意识的学究样清醒的、多嘴的辩士"。沙伊(1767—1832),法国自由主义经济学家。当时俄国先进的青年们(主要是后来的十二月党人)都读他们的作品,这些上流社会的轻浮女性也拿谈论他们当作时髦。

我的奥涅金把你们抛弃。
他如今已退出花天酒地，
闭门端坐家中，深居简出，
一面打呵欠，一面在写书，
他想写一点儿东西——只是
不懈的劳动他感到难挨；
他笔下什么也写不出来，
他没参加那喧嚣的班子①，
对这些人，不敢妄加品评，
因为我也属于他们一群。

四十四②

于是这个无所事事的人，
又感到自己灵魂的空寂，
坐下来——学点别人的聪明，
这是个值得夸奖的目的；
书架上摆满了成排的书，
读来读去，什么也读不出：
或枯燥乏味，或胡诌骗人，
或毫无意义，或诛心之论，
每本书都有各自的锁链；
古旧的东西早已经衰老，
新东西也哼着旧的腔调。

---

① 班子，原文是 uex（行会），这是作者对当时作家们的戏谑说法。
② 这一节对奥涅金的描写和诗人另一篇作品《恶魔》(1823)接近，难怪在第八章十二节中作者曾提到这篇作品。有人说《恶魔》中的原型是他的朋友 A·H·拉耶夫斯基，普希金曾经否认这一点。

他丢开书像丢女人一般，
给书架和那尘封的群书
蒙上一块丝织的裹尸布。

四十五

就像他，避开浮华的人生，
摆脱社交界规约的重担，
我那时和他建立了友情。
我爱他身上的种种特点：
对幻想不由自主的忠诚、
那无法仿效的古怪性情
和他锐利而冷静的智慧。
那时我愤慨，他紧皱双眉，
两人都尝过激情的味道，
两人都受过生活的折磨，
两人都燃尽了心头的火；
在我们两人生命的清早，
盲目的福尔图那①和世人
已心怀恶意等待着我们。

四十六

生活过、思考过，那你不能
不在灵魂深处傲视人寰；
谁有知觉，那逝去的幽灵
就会不时拨动他的心弦：

---

① 福尔图那，罗马神话中的命运女神，即希腊神话中的堤喀。

他已不再为任何事着迷,
回忆的蛇蝎不让他休息,
悔恨在不停地噬咬着他。
这一切却往往能使谈话
变得非常美妙,非常动人。
最初奥涅金的那条舌头
使我很惶惑;但天长日久,
我对他出言不逊的议论,
半辛酸而半诙谐的笑谈,
恶毒的警句,也逐渐习惯。

四十七

夏日里往往有这种情景:
涅瓦河上空的夜晚的天
那样地光辉,那样地透明,[8]
就连河水的愉快的镜面
也映不出狄安娜的玉容,
回忆起昔日的艳遇种种,
回忆起当年的一段恋爱,
我们感到淡漠,忧伤满怀,
夏夜以它那善良的呼吸
令我们默默地悠然忘情!
仿佛囚徒在迷茫的梦境,
被送出牢狱,送进森林里,
幻想就这样带领着我们,
回到了青春生命的早晨。

四十八

叶甫盖尼立在那里冥想，
倚着花岗石砌就的河堤，
他心头充满种种的怅惘，
恰像是诗人笔下的自己。[9]
四周静悄悄，只有值夜人
彼此间遥遥地相互呼应；
远处的车轮响声会突然
从密利翁大街①传到耳边；
只有一只小船，荡起双桨，
在昏睡的河上轻轻划行，
号角的长鸣、豪迈的歌声
从远方传来，我心神荡漾……
而置身于这夜间的闲适，
我更迷恋塔索的八行诗②！

四十九

布伦塔、亚德里亚的波澜③，
我一定要去把你们看望！
我心头将重新充满灵感，
当谛听你们动人的声响！

---

① 密利翁大街，彼得堡冬宫区的一条大街。
② 塔索(1544—1595)，意大利诗人。八行诗，源于意大利的一种欧洲诗律。
③ 布伦塔，指布伦塔河，意大利的一条河流。亚德里亚，指亚德里亚海，地中海的一个大湾，在意大利和巴尔干半岛之间。这几行诗表现出普希金希望离开俄国到外国去呼吸自由空气的心情。

阿波罗子孙认为它神圣；
我借助阿尔庇翁的竖琴①
熟悉了它，如同亲人一般。
在意大利的金色的夜晚，
我自由自在，享受着柔情，
身边有去威尼斯的少女，
或喋喋不休，或默默无语，
我俩乘一只神秘的游艇；
我的双唇由于有她作伴，
获得了爱和诗人②的语言。

五十

它会来吗，我自由的时机？
是时候了！——我在向它呼唤；
我徘徊海滨，[10]等待好天气，
我招呼那些过往的船帆。
哪天我才能自由地航行，
与海浪争论，以风暴裹身，
在大海坦途上随意奔跑？
这里的元素③对我不友好，
我早该抛弃沉闷的海岸，
面对南大洋静静的涌动，

---

① 阿尔庇翁，英国的古称（原意为"高高的海岛"）。"阿尔庇翁骄傲的竖琴"指拜伦《恰尔德·哈罗尔德游记》第四章而言。
② 诗人，这里指彼特拉克(1304—1374)，意大利诗人，以其十四行诗而闻名。普希金在这部作品中曾三次提到他。其他两次见本章第五十八节和第六章题词。
③ 元素，指大海。普希金曾不止一次用"元素"这个词表示大海所表现的自然力。

望着我的阿非利加①晴空,[11]
为了阴晦的俄罗斯悲叹,
那儿我痛苦过,有过爱情,
那儿我埋葬了我的心灵。

五十一

奥涅金原打算和我一起
去周游异邦,去见见世面;
而不久命运使我们分离,
别去之后,很久没有再见。
那时候他父亲一命呜呼,
一大群贪得无厌的债主
全都跑来找到了奥涅金。
他们有一套主意和本领,
奥涅金颇嫌打官司麻烦,
他随遇而安,他乐天知命,
把遗产全都交给了他们,
蒙受多大损失他也不管,
或者是这之前他已知情:
老伯父即将要寿终正寝。

五十二

突然间他真的收到一封
领地的管家送来的报告,
伯父卧床不起,眼看寿终,

---

① 我的阿非利加,普希金祖上有非洲人的血统,因此他把非洲称为"我的阿非利加"。

为了诀别,盼他快点赶到。
读过了这封悲哀的来书,
奥涅金即刻乘驿车上路,
快马加鞭急忙赶去会面;
然而半路上就打起呵欠,
为了钱他要去叹息几声,
忍受一下无聊,欺骗一番
(我们的小说从这里开端);
然而当他赶到伯父的乡村,
发现伯父——给大地的贡献——
已被放在一张台子上面。

五十三

他发现,庭院里奴仆成群,
死者生前的朋友和仇敌
也都从四下里赶来送殡,
这些人对丧事都有兴致,
大家齐动手把死人埋掉。
僧侣、宾客个个酒足饭饱,
然后郑重其事作鸟兽散,
似乎一件大事已经办完。
我的奥涅金成了乡下人,
工厂、森林、土地以及河流,
一切全都归他,全权拥有。
而他厌恶规矩、挥霍成性,
不过也好,旧的生活路线,
现在嘛总可以改变改变。

五十四

一处偏僻的冷清的田庄,
静静的溪流中水声潺湲,
阴郁的橡树林一派清凉,
头一两天他真感到新鲜;
而第三天,山冈、田野、丛林,
已经不能再占住他的心;
再过几天就只能够催眠,
再过几天,他清楚地发现,
同样地烦闷,即使在乡下,
这里虽没有大街和宫殿,
没有扑克牌、舞会和诗篇,
忧郁病仍牢牢厮守着他,
紧紧地跟随他,寸步不离,
像影子,像一位忠实的妻。

五十五

我是为了这安谧的生活、
乡村的幽静,而活在世上:
在这里创作梦更为活泼,
竖琴的声音也更为响亮。
完全醉心于坦然的闲散,
悠悠然踏上荒僻的湖岸,
far niente① 就是我的法令。

---

① 意大利语:游手好闲。

每天清晨我从梦中苏醒,
只为了享受自由和安闲:
我读书很少,而睡觉很多,
空幻的虚名我不去捕捉。
不是这样吗?过去这些年,
生活在浓阴下,无所事事,
我虚度过最幸福的时日。

五十六

鲜花,爱情,乡村,悠闲生活,
田野!我对你们真诚效忠。
但我要指出,奥涅金和我
两人之间是怎样地不同,
以免某位好讥讽的读者,
或某位先生,他喜欢饶舌,
便去散布些巧妙的流言,
说在这里发现我的特点。
过后又昧良心反复宣称,
说我在给自己涂抹肖像,
跟骄傲的诗人拜伦一样——
似乎是,我们就没有可能
写出几部描述别人的诗,
要写就得写自己的故事。

五十七

所有的诗人——顺便说一声——
都和幻想、爱情是好朋友。

往往,有些我所爱的身影
来到我的梦中,而我心头
便留下它们隐秘的形象,
缪斯再使它们活在纸上,
就这样啊,我就无忧无虑
歌唱我的理想、山中少女①,
沙里吉尔河畔的女囚徒②。
而今,我经常,我的朋友们,
听见你们这样向我发问:
"你的竖琴在为谁而怨诉?
在这群妒妇中,对哪一个
你献出你竖琴所唱的歌?"

五十八

"谁的顾盼激起你的灵感,
用柔情酬答着你的歌声?
你的歌是那样抑郁缠绵,
你的诗又把谁奉若神灵?"
真的,谁也不是,我的朋友!
我曾经悲戚地在我心头
体验过爱情疯狂的不安。
幸福的人把热烈的诗篇
和这种不安糅合在一处:
他踏着彼特拉克的足迹,

---

① 山中少女,指作者长诗《高加索的俘虏》中的切尔克斯女郎。
② 女囚徒,指作者长诗《巴赫奇萨拉伊的喷泉》中的女主人公玛丽雅和莎莱玛,在普希金的用语中,沙里吉尔河畔是泛指克里木地区。

倍增了诗中神圣的梦呓,
而心头痛苦也得以平复,
同时还借此博得了名声,
而我呢,恋爱时,又哑又蠢。

五十九

爱情逝去了,缪斯已出现,
我昏迷的头脑开始清醒。
我自由了,重又设法缀联
迷人的音韵、思想和感情,
我写着,心情已不再悲伤;
忘情地写,再不只写半行
便在稿纸上把人像乱涂,
或画上女人的一双秀足;
熄灭的灰烬已不会复燃,
我仍将悲伤,但不再哭泣,
很快、很快地,风暴的痕迹,
将在我的心头烟消云散,
待到那一刻,我便要开始
写一部二十五章的长诗。

六十

我已经想过结构的模样,
想过主角怎样称呼才妥;
我的小说的起首第一章
到这里暂且要告一段落;
我严格地把它从头读过,

这里边的矛盾确实很多,
然而我不想去再做修改;
我要还欠检查官的宿债,
也要把我的劳动的果实
奉献给评论家咀嚼一番。
我的这部新诞生的诗篇,
你且去涅瓦河岸走一次;
去为我赢来应得的名声——
曲解、咒骂和阵阵的喧腾!

第二章①

O rus!
　　　　　　——Hor.②

啊,罗斯③!

一

叶甫盖尼已住厌的乡村
是一处景色秀丽的所在;
爱好天然乐趣的朋友们,
来此会感谢上帝的安排。
一座幽静的地主的庄园,
它的屏风就是一座大山,
门前一溪清流。眺望远方,
色彩斑驳,一片繁茂景象,
那是牧场和金色的农田,
和几个疏疏落落的村庄;

---

① 普希金写完第一章后,立即开始写第二章,1823年12月8日写完。1824年又补充增删过。这章单独付印是在1826年(10月出版)。作者当时注明:"写于1823年"。1830年5月第2次印刷。
② 第一个题词引自罗马诗人贺拉斯(前65—前8)的《讽刺诗》第二部第六节。"O rusl"("啊,乡村!")和"啊,罗斯!"在发音上的巧合,是在痛苦地暗示作者于1824年8月9日至1826年9月4日这段被流放农村的时期中,在生活里所见所闻。
③ 罗斯,俄罗斯的古称。

牧场上四处游荡着牛羊，
一座巨大的荒芜的花园，
绿树铺展开宽阔的浓阴，
遮蔽着沉思的护树女神①。

二

这是一座很高贵的宅第，
建造得像一切府邸一样；
它出色地牢固而又静谧，
表现出古代的匠心、风尚。
到处是高大宽敞的住室，
客厅裱糊着绢制的壁纸，
墙上挂满历代沙皇遗像，②
各色瓷砖镶在壁炉两旁。
我不知道究竟什么原因，
这一切如今已不再合时；
不过对这些陈设和装饰，
我的朋友他却毫不关心，
因为他总归是呵欠不止，
无论大厅新式或是老式。

三

于是他就在那屋里住下；

---

① 护树女神，原文是德律阿得斯，希腊神话中保护森林和树木的神女。
② 手稿中对这一行诗有一个附注，"供检查官使用，应为'墙上挂满历代祖宗肖像'"。
结果检查官真的采用了"沙皇"这一行。

在那儿村居多年的老人①，
四十年来和女管家吵架，
打打苍蝇或是对窗出神。
一切很朴素：地板是橡木，
桌子、羽毛沙发、两张大橱，
满屋没有一个墨水污点。
奥涅金把橱门打开看看，
一个橱里发现几本账簿，
另一个橱里是许多果酒
和几罐苹果汁，此外还有
一本一八〇八年的历书：②
这头子有许多事情要管，
别的书他不曾瞧过一眼。

四

独自住在自己的领地上，
只不过是为了消磨时间，
我们的奥涅金首先便想
要制定一整套新的条款。
这位隐士在这片荒村里③
采用轻的地租制来代替
古老的徭役制度④的重负，
农奴们因此为命运祝福。

---

① 老人，指奥涅金死去的伯父。
② 故事发生在1810年（全书结束是在1815年春天），此人却还在用以前的历书。
③ 这一行草稿中是：隐居的自由播种者在自己的荒村里。
④ 徭役制，即农奴为地主服役，地租制是向地主交付一定数量的实物或现金以减免劳役。但后者使农奴可以稍有自由。

而他有个会盘算的邻居
认为这样将会带来害处，
暗地里对他是又气又怒。
还有人微笑着，心怀狡计；
于是大家便一致地公认，
他是个极其危险的怪人。

五

起初大家也常常来拜访，
然而每当路上传来他们
乡下马车的辚辚的声响，
他通常总会是单独一人
牵来一匹顿河种的坐骑，
从后门悄悄地溜之大吉，——
这种事让大家感到难堪，
和他的交情便就此中断。
"我们这无知狂妄的邻人；
他参加了个什么共齐会①；
他只会喝红酒，还用大杯；
他不在女士手背上亲吻；
他说'是''否'，连'阁下'都不加。"
这便是大家对他的看法。

---

① 共齐会，这里表示共济会的音误。这些土地主把它无知地误读了。此处译作"共齐会"，除了表示音误，也表示它的毫无意义。这种"共齐会"的说法不是普希金的创造，格里鲍耶多夫在他的《智慧的痛苦》中首先使用过，那是出于一位莫斯科贵族之口，用来评论剧中的正面主人公恰茨基的。共济会是一种西欧的宗教秘密组织，传入俄国后，曾被当时先进青年利用来宣传反沙皇思想。因此一般人认为共济会员是危险人物。1821年亚历山大一世下令禁止了这种组织。

六

就在这时候另一位地主
骑着马来到自己的乡村,
邻居们习惯于评头品足,
也给他同样严格的评论。
他叫弗拉基米尔·连斯基,
一副十足的哥廷根①神气,
正当青春年少,相貌英俊,
是个康德②崇拜者和诗人。
是他从烟雾弥漫的德国③
把学问的果实带回家乡:
那爱好自由的种种幻想,
热烈又相当古怪的性格,
永远洋溢着热情的谈话,
直垂到双肩的黑色鬈发。

七

上流社会那冷酷的淫乱
还不曾使得他心灰意冷,
他心头依然热烈地充满
友谊的温暖、姑娘的爱情;

---

① 哥廷根,德国城市,1737年哥廷根大学成立,从此闻名欧洲。
② 康德(1724—1804),德国哲学家,对哥廷根大学的教授们有很大影响,当时的俄国留学生也通过这些教授受到了他的影响。
③ 烟雾弥漫的德国,当时在德国占统治地位的思潮是德国唯心主义哲学。

他的心依然是纯洁无瑕,
希望在亲切地抚爱着他,
世上声色犬马、新颖奇巧,
仍在诱惑他年轻的头脑。
对胸中时而涌现的怀疑,
他用甜美的梦境来打消;
我们活着为了什么目标?
这对他是充满诱惑的谜,
他曾绞尽脑汁思索再三,
揣测着奇迹或许会出现。

八

他相信有一颗亲爱的心
必定要与他结合在一起,
这颗心正时时忧思如焚,
为期待他而伤心地叹息;
他相信他的朋友都甘愿
为他的荣誉去承受锁链,
若要敲碎诽谤者的狗头,
他们的手也决不会发抖;
他相信命运选定一些人
作为人类的神圣的朋友,
他们的家族将永生不朽,
他们的光辉将照耀我们,
迷人的光辉啊,总有一天
一定把幸福赏赐给人间。

九

对于幸福的纯洁的爱慕、
心头的义愤、满腔的同情、
为荣誉所受的甜蜜痛苦,
早使他的热血不能平静。
他怀抱竖琴在世上游荡,
来到席勒和歌德的家乡,
他们诗篇中的熊熊火焰,
将他的一颗心立即点燃;
崇高的女神掌管的艺术①,
从不曾被这幸运儿辱没:
他骄傲地唱着自己的歌,
那无比美妙的庄严、纯朴、
天真梦幻对心灵的激荡,
崇高情感令他永怀不忘。

十

他歌唱爱情,他效忠爱情,
他的歌声那么清澈明朗,
好比是婴儿枕边的甜梦,
好比天真的姑娘的遐想,
好比澄静的天际的月轮——
专司隐秘和叹息的女神;
他也歌唱过离别和悲伤,

---

① 崇高的女神掌握的艺术,指诗歌。

某种不明,某处冥蒙远方,
也歌唱浪漫主义的玫瑰;
他还歌唱那遥远的国度,
在那儿他曾长久地居住,
在寂静怀抱中流过热泪;
他歌唱生命退色的花朵,
即便十八岁还不曾度过。

十一

而在这里,唯有叶甫盖尼
一个人能赏识他的才华,
邻近村子里乡绅的宴席,
丝毫也不能够取悦于他,
他避开他们嘈杂的谈论。
这些人谈论得非常高深,
他们又谈割草,又谈喝酒,
谈自家的亲戚,又谈养狗,
当然闪耀不出诗的火花,
也不会闪耀出什么感情,
既缺乏机智,也不显聪明,
更没有交际场中的典雅;
而他们娇妻之间的言谈
和他们相比,还差得更远。

十二

连斯基人英俊并且有钱,
到处都待他像娇客一样,

这是那种乡下人的习惯；
人们都想把待嫁的姑娘，
许给这位半俄国的邻人，
只要他一踏进某家大门——
大家立刻便改变了话题，
谈起独身生活多么孤寂；
请这位邻居坐到茶炊旁，
杜尼娅便过来为他斟茶；
有人说："当心点儿，杜尼娅！"
然后有人把六弦琴送上，
她便唱起来（我的上帝呀）：
"到我的金色的殿堂来吧！……"[12]

十三

然而连斯基却当然无心
跟他们搞什么婚姻关系，
他是真心愿意和奥涅金
建立起更为亲密的友谊。
他们碰头了，水浪与顽石，
冰与火，或者说散文与诗，
都没他们这样大的差异。
起初由于相互间的距离，
他们两人都感觉到烦闷；
后来彼此逐渐有了好感；
每天都骑着马来往会面，
于是很快地便难舍难分。
人们就（我承认，首先是我）
交上朋友——出于无可奈何。

十四

但我们也缺少这种友谊。
我们把一切人当作零看,
能够算作壹的只有自己,
我这话不包含一丝偏见,
我们都在向拿破仑看齐;
成千上万两只脚的东西,
对于我们只是工具一件,
我们认为感情滑稽、野蛮。
叶甫盖尼不比许多人坏;
虽然他,当然啰,很了解人,
而一般说也瞧不起他们,——
不过任何事都有个例外
有些人他还是颇为垂青,
虽冷眼旁观,他尊重感情。

十五

他对连斯基微笑着倾听,
诗人的谈吐热情而奔放,
他的思绪判断摇摆不定,
还有那闪耀灵感的目光;
奥涅金一切都感到新鲜,
他尽量设法在自己嘴边
压住冷言冷语、不吐出来,
他想:我何必愚蠢地妨碍
他享受一时之间的欢乐;

没我他也有清醒的一天；
让他且相信世界的美满，
且这样在世上生活生活，
应该原谅他年轻的狂热、
年轻的冲动、年轻的胡扯。

十六

一切都会促使他俩吵架，
一切都引起他们的思索：
过去的种族之间的约法①，
科学的成果，什么善与恶，
以及那代代相传的偏见，
以及坟墓中宿命的疑难，
再就是人生再就是命运②
一切都遭到他们的议论。
有时候，当诗人忘乎所以，
他会在兴奋的议论中间
再朗诵几段北国③的诗篇；
这时候宽宏的叶甫盖尼
总是对年轻人洗耳恭听，
尽管许多时他不知所云。

---

① 约法，这里指卢梭的《社会契约论》。
② 人生和命运，在草稿中是"沙皇的命运"。
③ 北国，普希金时常把俄国称作"北国"。

十七

然而关于人的情欲问题
更占据两位隐士的思想。
奥涅金躲开狂暴的权力,
因此一谈到这些,他往往
不由地发出惆怅的慨叹。
幸福的是,历经情海波澜,
到头来终能把这些甩开,
更幸福是,不知何物为爱,
或者用别离来冷却恋慕,
或者用咒骂来排遣仇怨,
陪朋友、陪老婆打打呵欠,
而不去为嫉妒烦神痛苦,
不把祖宗留的可靠本钱,
在诡谲牌戏上去冒风险。

十八

当我们逃脱情欲的威胁,
投身理智宁静的大旗下,
当情欲的烈火终于熄灭,
它们任性也罢、冲动也罢,
或是这之后的飞短流长,
对我们显得滑稽而荒唐。——
我们总算做到温顺沉静,
可我们间或也喜欢听听
别人激情的狂乱的话语,

也能够打动我们的心灵。
像一个退伍的残疾老兵
被众人遗忘在一间茅屋,
爱听年轻人翘着小胡子
大谈其驰骋疆场的故事。

十九

然而如烈火一般的青年
无论什么事都隐藏不住,
悲伤、欢乐、仇恨以及爱恋,
他们都准备对别人倾吐。
自认为是个情场的伤兵,
奥涅金神色庄重地聆听
爱作心灵表白的连斯基
倾吐他内心忏悔的隐秘;
他把自己的轻信的良知
也天真坦率地表露无遗。
奥涅金轻易地便已知悉
这位年轻人的恋爱故事,
他的叙述虽然充满情感,
但我们却早已不觉新鲜。

二十

啊,他在爱,在我们的年龄,
人们早已经把爱情抛开;
只有诗人的疯狂的灵魂
注定了还要去谈情说爱,

随时随地只有一种幻想,
一种那习以为常的愿望,
一种那习以为常的哀怨。
无论是渐渐淡忘的遥远,
无论是成年累月的别离,
无论是献给缪斯的时刻,
无论是他乡异域的景色,
无论是学问、喧哗的嬉戏,
都无法使他的心灵改变,
他心中有着童贞的火焰。

二十一

他年轻,没尝过爱的痛苦,
但他已经满怀柔情蜜意,
做了奥尔加裙下的俘虏,
欣赏着她那稚气的游戏;
在浓阴如盖的橡树林间,
伴随她一同愉快地游玩,
他们的邻居、朋友和父亲
已谈妥两个孩子的婚姻。
这偏僻地方、这宁静乡间,
她的天真烂漫大放异彩,
在自己双亲的眼前绽开,
好似一朵幽谷中的铃兰,
隐藏在茂密的青草丛中,
瞒过了蝴蝶、瞒过了蜜蜂。

二十二

是她把青春欢乐的梦幻
生平第一次带给了诗人，
他的芦笛的第一声咏叹，
由于思念她，才有了灵性。
永别了，黄金时代的游戏，
他爱上茂密丛林的绿意，
爱上了寂静，爱上了孤单，
也爱上月亮、星星和夜晚——
月亮啊，那盏天际的明灯。
为了它我们曾经奉献出
夜色苍茫时多少次漫步、
垂泪和隐秘痛苦的欢情……
但如今我们却只把月亮
看作是街头昏暗的灯光。

二十三

她总是那样地温柔娴静，
总是快乐得像早晨一般，
纯朴得像是诗人的生命。
又像爱神的吻那般香甜，
一双眼睛蓝得恰似天空，
棕色的鬈发、微微的笑容，
举止、声音和窈窕的细腰——
奥尔加的一切……不过只要
顺手拈来任何一部长篇，

你一准能找到她的肖像,
非常可爱,从前我也欣赏,
但如今我对它极其厌倦,
我的读者,还是请同意我,
把她的姐姐来说上一说。

二十四

她的姐姐名叫达吉雅娜……[13]
随意用这样的一个名字
使小说的篇章出神入化,
在我们这里还是头一次。
有什么关系?它悦耳响亮,
但,我知道,它会令人联想
丫鬟、使女,或者老一代人!
我们大家都不能不承认:
我们很少有雅致的兴味,
甚至于连姓名也是如此
(我们就更不必谈什么诗);
教化跟我们还不大相配,
我们只学到点矫揉造作——
除此以外,没有学到更多。

二十五

总而言之她叫达吉雅娜。
她没有妹妹那样的美丽,
没有她红润鲜艳的面颊,
她一点儿也不引人注意。

她忧郁、沉默，她孤傲不群，
像林中的小鹿，怕见生人。
她在自己亲父母的身边，
仿佛是领来的养女一般。
无论是对爸爸或是妈妈，
从不会表现出依恋亲昵；
自己还是孩子，却不欢喜
在孩子群中去蹦跳玩耍，
她经常一个人从早到晚，
默默无声地呆坐在窗前。

二十六

沉思冥想成为她的朋友，
从她在摇篮中便已开始，
在她那村居的闲暇时候，
她用幻想点缀她的日子。
她的十指没有摸过针线，
也不曾俯身在绣架上面，
用缕缕细丝刺绣出花纹，
使得一块素布栩栩如生。
她生来有种管辖的意愿：
好把听话的布娃娃抱起，
跟它逗着玩儿似的演习
那上流社会的礼仪规范，
把妈妈的教诲讲给它听，
态度十分庄重，一本正经。

二十七

但即使布娃娃,这几年里
达吉雅娜也不拿在手上,
不跟它谈城里来的消息,
也不跟它谈时髦的衣装。
她厌弃儿童淘气的游戏,
倒是那骇人听闻的传奇,
在那冬日的漆黑的夜间,
才更能够打动她的心弦。
奶妈为了使奥尔加欢喜,
把她的小朋友全都带上,
一同游逛那广阔的牧场,
她不和人家捉迷藏嬉戏,
她厌烦她们响亮的欢笑
和她们轻浮、喧嚣的打闹。

二十八

她喜欢站在那小阳台上,
静静地等候朝霞的出现,
那时地平线上一片苍茫,
星星的圆舞正渐渐消散,
大地的边缘在悄悄转亮,
黎明的使者,微风在荡漾,
一个新的日子正在降临。
冬天,当漫漫长夜的阴影
把半个宇宙捏在它手里,

天空迷雾朦胧,月色悠悠,
疏懒的寂静笼罩得更久,
怠惰的东君还沉睡未起,
而她却在那惯常的时辰,
点燃一支蜡烛,穿衣起身。

二十九

小说书,她很早就已迷恋,
取代了心中的一切东西;
理查逊①的小说她很爱看,
卢梭的小说她也很欢喜。
她父亲是一位好好先生,
一个活在上一世纪的人,
虽不认为读书有害无益,
而本人却从来不读一字,
他认为书是空洞的玩物,
而且他也并不操心去管
夜晚他女儿的枕头下边,
藏着一本什么秘密的书。
至于他的妻子呢,她自己
就已爱理查逊爱得入迷。

三十

这位太太很喜欢理查逊,

---

① 理查逊(1689—1761),英国小说家,并创了家庭生活劝善小说。代表作为《帕美拉》、《克拉丽莎》、《格兰狄生》等。

并非是因为读过他的书,
不是因为她对格兰狄生
比对勒甫雷斯①更为倾慕;[14]
只由于阿林娜公爵夫人,
她的那位莫斯科的表亲,
常常对她提起这些人物。
那时她现在的这位丈夫
正在求婚,而他身不由己;
另外有个人她朝思暮想,
此人无论头脑、或是心肠,
都比她丈夫更讨她欢喜:
这格兰狄生是近卫军士,
是个赌徒和出名的浪子。

三十一

她跟他一个样,衣着打扮
一向是最时髦而且合身;
而并不征求姑娘的意见,
她便被带去跟别人结婚。
为了排遣她心头的悲哀,
聪明的丈夫便决定离开,
马上带她回自己的乡村,
那儿天知道有些什么人。
起初她也曾发怒和哭泣,
差点儿没有跟丈夫离婚;
后来家务事占住她的心,

---

① 勒甫雷斯,理查逊的小说《克拉丽莎》中的男主人公,一位专门玩弄女性的青年。

习惯了,于是就变得满意。
老天爷把习惯赐给我们,
让它来给幸福做个替身。[15]

三十二

她心头难以言喻的伤悲,
也在习惯中渐渐地消散;
很快地她完全得到安慰,
由于一个了不起的发现:
在生活的忙碌和闲暇里,
她发现一个宝贵的秘密,
学会专横地把丈夫管紧,
于是一切便都如意称心。
她为了家务事四处奔跑,
亲手去腌制过冬的香菌,
管理账目,送农奴去充军,
每逢星期六洗上一次澡,
生了气把丫头痛打一顿;
这一切都不必丈夫过问。

三十三

她常用血色把字迹描画
在温柔姑娘的纪念册上,
称普拉斯科菲为波林娜,
说话的调子像唱歌一样;
腰带也给束得紧了再紧,
并且还学会了使用鼻音,

把俄语的"H"读得像法语；
但这些很快便成为过去：
束腰、纪念册、郡主波林娜；
满满一本小诗尽管伤感，
早已被她抛入遗忘之川；
她把赛林娜叫做阿库加，
最后又重新戴上了睡帽，
并重新穿起了棉布长袍。

三十四

但丈夫爱她是一片虔诚，
从来不干预她出的主意，
一切他都放心，完全信任，
自己吃和喝都穿着睡衣。
他的生活在静静地度过，
有些日子，当那黄昏日落，
聚集起一伙左近的邻居，
大家互不见外，畅述心曲，
叹一叹气，说几句损人话，
找件事把某人嘲笑一顿。
如此这般消磨他的光阴；
这时，叫奥尔加沏一壶茶，
再吃上顿晚饭，就该睡觉，
于是客人也就起身走掉。

三十五

他们保持着古老的风习，

日子过得如此平平静静；
在那吃大荤的谢肉节①里，
照例要吃点俄国的薄饼；
他们每年总要斋戒两遍，
他们爱打团团转的秋千，
爱跳圆舞，爱听圣诞小调，
逢到降灵节②谢主的祈祷，
一边打着呵欠想要安歇，
这时候他俩也往草束上
洒下几滴眼泪表示感伤；
克瓦斯对他们不可或缺，
他们若是在家招待客人，
上菜的顺序依官阶为准。

三十六

就这样他们已双双年迈，
终于在这位丈夫的面前，
坟墓的大门在为他敞开，
他接受了一顶新的花冠。
他在午餐前的时刻死去，
前来哭他的有他的邻居、
孩子和他的忠实的老伴，
她比别人哭得更为凄惨。
他是个纯朴善良的地主，
在那安放他尸骨的地方，

---

① 谢肉节，大斋节前的一周，俄国人习惯这时大吃荤腥，过了这段时间便要吃素。
② 降灵节，复活节后第七个星期日，俄国人这天用独活草给祖先扫墓。

有这样几句话刻在碑上：
季米特里·拉林,上帝忠仆,
官衔是旅长,谦卑的罪人,
在这块墓石下永享安宁。

三十七

这位弗拉基米尔·连斯基
回到自己的珀那忒斯①边,
就去那邻居卑微的墓地,
对死者的骨灰一声长叹,
心头悲伤久久不能平定。
"Poor Yorjck",[16]——他感叹一声,——
他曾把我抱在他的手上。
当我小的时候我还时常
拿他的奥恰科夫奖章②玩！
他还把奥尔加许配给我,
我能等到那一天吗？他说……"
心中充满着真诚的伤感,
弗拉基米尔便立即写下
一篇墓前挽歌呈献给他。

三十八

又写下一篇哀伤的碑铭,

---

① 珀那忒斯,罗马神话中的家神。
② 奥恰科夫奖章,为纪念 1788 年俄军统帅苏沃洛夫攻克土耳其要塞奥恰科夫的胜利而颁发的奖章。

献给自己双亲，热泪盈眶，
向尊长的尸骸默默致敬……
唉！一条条生命的田垄上，
人如禾苗，转瞬即被芟刈，
一代代，按神的秘密旨意
萌芽、成熟，然后就被割倒；
而另一些人便接踵来到……
不停地激荡、生长和骚乱，
如此我们这无常的种族，
最后都拥向祖先的坟墓。
也会到来的，我们的时间，
到时候我们的子孙后代
也会把我们挤到尘世外！

三十九

你们且陶醉于它吧，朋友，
且陶醉于这虚浮的人生！
然而我，深知它空无所有，
我对它很少有留恋心情；
面对幻景我把眼帘合上，
然而，有一些渺茫的希望
不时前来使我心乱如麻，
我会忧愁的，假如不留下
些微的脚印，便离开人间。
我活着，写诗，不为人夸奖；
然而，似乎我心中也希望
把可悲的命运宣扬一番，
我希望，有一个声音能够

让人们记起我,作为朋友。

四十

它会打动某个人的心弦,
也许,依靠着命运的保佑,
我所写下的这一些诗篇,
不会被勒忒①的河水冲走;
也许(这真是迷人的希望)
将来会有这样一个文盲,
对我著名的肖像说一声:
这好像是一位什么诗人!
敬请接受我感激的心曲,
崇拜和平缪斯们②的人士,
是你啊,肯在记忆中保持
我那些信笔涂抹的诗句,
我多么感谢你意厚恩宽,
肯伸手抚摸老人的桂冠!③

---

① 勒忒河,希腊神话中冥界的遗忘之川。
② 缪斯们,原文是阿奥尼德,希腊神话中的缪斯们的别称。这里指诗人。
③ 老人的桂冠,普希金皇村学校的老师,A·H·加里奇教授(1783—1848)讲文学课时,开头总喜欢说:"现在,我们来摸一摸老人的桂冠。"

Elle était fille, elle eétait amoureuse.

——Maifilatre②

一

"你去哪里呀？我的好诗人！"
"再见啦，我该走了，奥涅金。"——
"我不耽搁你，可是我想问，
你在哪儿消磨你的黄昏？"
"在拉林家。"——"这实在是少见。
得了吧！你也不觉得难堪。
把黄昏都在那儿浪费掉？"
"一点儿也不。"——"真不甚了了。
从你的话里，我看是这样：
首先（我说得对不对？请听），
一个普通的俄罗斯家庭，
对客人招待得殷勤周详，

---

① 本章 1824 年 2 月 8 日开始写于敖德萨，月底写至达吉雅娜的信以前的地方，以下部分写于米哈伊洛夫斯克村。第三十二节后注有 1824 年 9 月 5 日的日期。全章写完于 1824 年 10 月 2 日。1827 年 10 月 10 日左右出版。当时在章首印有这样几句话："《叶甫盖尼·奥涅金》的第一章是 1823 年写的，1825 年出版。两年之后才发表了第二章，这种缓慢是客观环境造成的。从此将不再中断地发表下去，一章紧接一章。"
② 法语：她是个年轻的姑娘，她堕入了情网。——玛尔菲拉特

果酱,永远老一套的谈天,
谈下雨,谈亚麻,再谈牛圈……"

二

"我看不出这有什么不好。"——
"问题是,太无聊,我的朋友。"
"我讨厌你们时髦的社交,
家庭圈子和我更能相投,
在那儿我能够……"——"又是牧歌!
亲爱的,我求你,别往下说。
怎么,你这就走? 真是可惜。
啊,我说,连斯基,可不可以
让我也有幸去认识认识
你这位菲丽达①、眼泪、思想、
文章、诗韵 et cetera② 的对象?
介绍一下。"——"你开玩笑。"——"不是。"
"我很高兴。"——"什么时候?"——"现在。
她家很高兴把我们接待。"

三

"走吧。"两位朋友驾车前往,
他们受到了殷勤的接待,
这是传统的好客的风尚,

---

① 菲丽达,古代牧歌的女主人公常用的名字,在俄国诗歌中也经常遇到。这里指奥尔加。
② 拉丁语:等等。

有时叫人觉得很不自在;
待客的规矩到处都一样:
用小碟子端上几种果酱,
盛满红覆盆子露的瓦罐
捧到了打蜡的茶几上面。
…………
…………
…………
…………
…………
…………

四

选择了一条最近的路线,
他们俩尽快地奔回家去。[17]
我们的主人公正在交谈,
现在让我们来偷听几句:
"怎么,奥涅金!你在打呵欠?"——
"习惯,连斯基。"——"但你比原先
好像更烦闷。"——"不,还是那样。
田野里已没一丝儿光亮;
加把劲!快跑,安得留什卡!
这种鬼地方多么讨人嫌!
我看,拉林娜头脑很简单,
倒是一位可爱的老妈妈;
我真怕:那种红覆盆子露
吃下去会让我不大舒服。"

五

"告诉我,哪个叫达吉雅娜?"——
"呵,就是那一个,一声不响,
面带愁容,像斯薇特兰娜①,
一进屋便独自坐在窗旁。"——
"你爱上的就是那个妹妹?"
"怎么?"——"要是我,就挑另一位,
假如我是诗人,好比是你。
奥尔加的容貌缺少生机。
跟梵·代克②画的圣母很像:
她那张圆圆的、红红的脸,
就好像毫无韵味的天边
这一轮毫无韵味的月亮。"
弗拉基米尔只哼了一下,
后来一路上便一言不发。

六

奥涅金出现在拉林家里,
这件事惊动了所有的人,
所有人对这事都很注意,
邻居们都受到它的吸引。

---

① 斯薇特兰娜是茹科夫斯基的长诗《斯薇特兰娜》的女主人公,一位感伤、沉默、单纯而好幻想的姑娘。
② 梵·代克(1599—1641),法兰德斯画派的创始人。他的《玛冬娜与沙鸡》是一幅有名的画,其中玛冬娜(即圣母)的性格甜甜蜜蜜、感伤动人。

有了各种猜测,各种说法。
又是取笑,又是讲悄悄话,
有人甚至于武断地肯定,
达吉雅娜已接受了求婚;
还有人甚至一再地强调,
说婚礼都已经安排停当,
只是后来决定先放一放,
时新的戒指还没有打好。
至于连斯基、奥尔加的婚礼
他们早已认为没有问题。

七

达吉雅娜听到这些流言
她非常气恼,但她在私下
却感到说不出口的喜欢,
不自禁地把这事儿牵挂;
一个想法在她心头诞生:
是时候了,她已有了爱情。
仿佛一粒种子落在土里,
春天的火使它萌发生机,
很久以来,那柔情和苦痛
一直在燃烧着她的想象,
渴求那命中注定的食粮;
很久以来,她年轻的胸中,
一直深深地感觉到苦闷,
心儿在盼望……那么一个人。

八

终于盼到了……她睁开了眼,
那人就是他!——她说了一声。
唉!如今无论是白天夜晚,
或是灼热而孤独的梦境,
到处都是他,无论在何处,
有种魔力对可爱的少女
一再提起他。她不愿再听
人们对她说的亲切话音,
厌烦仆人们关注的视线,
她整天整天地心乱如麻,
无心理会客人们的谈话,
埋怨他们有这许多空闲,
埋怨他们来得不是时候,
而且一坐下来就不肯走。

九

如今她多么心领神会地
阅读着那些甜蜜的长篇,
她又是多么如痴似醉地
畅饮着那些诱人的欺骗!
那些被幻想的幸福力量
赋予了生命的人物形象,
那个朱丽·华尔玛①的情人,

---

① 朱丽·华尔玛,卢梭的小说《新爱洛绮丝》中的人物,是个贵族小姐,爱上了她的教师圣·普乐。阶级偏见使他们不能结合。圣·普乐离开了。她嫁给了华尔玛,虽不爱他,却终身对他忠实。

马列克-阿戴里①、林纳尔等②,
和维特③、尝尽烦恼的朋友,
和举世无双的格兰狄生[18],
那位让人打瞌睡的先生——
他们在这女幻想家的心头
融汇为一个统一的形象,
体现在奥涅金一人身上。

十

想象自己是心爱的作家
所描绘的书中的主人公,
是苔尔芬④、朱丽、克拉丽莎⑤,
达吉雅娜在寂静的林中
带本危险的书独自漫游,
她在书中寻找,她也能够
找到自己的热情和幻想,
和心的企求带来的希望,
她叹息着,把别人的痛苦
和欢乐,都当自己的一般,

---

① 马列克-阿戴里,法国女作家戈旦夫人的小说《马梯里达》的主人公。普希金在他所作的注释中说,这是一部"平庸"的作品。
② 德·林纳尔,法国克留德纳男爵夫人(1764—1824)的一部小说《瓦列里亚》的男主人公。
③ 维特,歌德的小说《少年维特之烦恼》的男主人公。
④ 苔尔芬,法国斯塔尔夫人的同名小说的主人公。她爱上了一个上流社会的庸人,这个人不能理解她的深情,她终于入了修道院,后来对方因罪被判死刑。她又冒险前去拯救,未成,服毒自杀。
⑤ 克拉丽莎,理查逊的小说《克拉丽莎》中的女主人公。一位家长制资产阶级家庭的少女,被荒淫的贵族勒甫雷斯所玩弄,终于死去。

她忘情地口中喃喃诵念
写给爱情主人公的情书……
但反正我们这位主人公
跟格兰狄生却全然不同。

十一

早先火焰般热烈的作家①
用庄严的调子写作诗篇，
往往主人公在他们笔下，
都成为完美无缺的模范。
他们写的人物都很可爱，
总是遭受不公正的迫害，
被赋予多情善感的心肠、
聪明和讨人喜爱的面庞。
主人公永远是洋洋得意，
心怀热烈的纯洁的爱情，
准备着献出自己的生命，
而在作品的最后一章里，
恶总是最终受到了惩办，
善总是头戴应得的花冠。

十二

现今人们个个头脑昏迷，
道德只能让我们打瞌睡，
小说里做坏事讨人欢喜，

---

① 热烈的作家，这里指18世纪欧洲那些道德教诲小说的作者。

坏人在那里也耀武扬威①。
不列颠缪斯的荒诞不经②
惊扰着年轻姑娘的梦境,
那深沉的万皮尔③的故事,
那阴郁的漫游者缪莫斯④,
神秘的斯波加⑤或是海盗⑥,
或是漂泊终生的老犹太⑦,[19]
都变成了偶像,受她崇拜。
拜伦爵士想法真是巧妙,
把走投无路的自私自利,
装扮成忧郁的浪漫主义。

十三

朋友们呀,这有什么意思?
也许有朝一日顺从天意,
我会停下笔来不再写诗,
新魔鬼将附上我的身体,
我将不顾福玻斯的凶狠,

---

① 此诗前四行指的是19世纪初叶欧洲小说中的另一倾向。
② 指英国浪漫主义作家(拜伦及其同时代人)的作品。
③ 万皮尔,波利托里医生同名中篇小说的主人公。这部小说是他跟随拜伦一同在瑞士旅行,听拜伦口述记录整理而成的。
④ 缪莫斯,英国小说家梅图林(1782—1824)的小说《漫游者缪莫斯》的主人公。这是一部典型的风行一时的恐怖小说,其中神乎其神地写了许多荒唐的东西。
⑤ 斯波加,法国作家查理·诺第埃(1780—1844)同名小说的主人公。
⑥ 海盗,指拜伦的长诗《海盗》(又译《珂尔沙》)的主人公康拉德。这是一个阴郁的强盗,憎恨人类,认为善是恶的根源。
⑦ 老犹太,据说指英国人梅丘·路易斯的小说《阿姆伏罗吉欧或修士》的主人公。这部小说描写一个行踪神秘的人的种种奇特行径。

降格去写写温顺的散文；
那时一部老调子的长篇
将耗去我的愉快的晚年。
我不用故作惊人的笔墨
描写恶人的内心的痛苦，
我只是想要对诸位叙述
一个俄罗斯家庭的传说，
描绘诱人的爱情的美梦，
以及我们的古老的民风。

十四

我还要给诸位再讲一讲，
父亲或伯父纯朴的谈话，
描写两个孩子在小溪旁，
相约游玩在老菩提树下；
写不幸的嫉妒令人心碎，
写别离，写和好时的眼泪，
再使他们重新发生争执，
终于我带他们去行婚礼……
现在我忍不住回想以往，
匍匐在美丽的爱人脚下，
我讲过多少甜蜜的情话，
这些话如今已不惯再讲，
那是些热烈的温柔细语，
是一些痴情的爱的词句。

十五

达吉雅娜,可爱的达尼娅!
我不禁为你而两眼泪流;
你把你的命运轻易掷下,
交到个时髦的暴君之手。
你将被毁掉,而在这之前,
希望正使得你眼花缭乱,
你在呼唤着渺茫的幸福,
你正品尝着人生的满足,
你饮下欲望诱人的毒浆,
你在被幻想不停地追逐,
你总是在那儿想象,到处
都是幸福地幽会的地方;
到处,到处,就在你的眼前,
致命的诱惑者都会出现。

十六

爱的痛苦追逐达吉雅娜,
她走进花园去排遣忧愁,
她凝滞的目光突然垂下,
她已实在懒得再往前走;
她的胸部阵阵起伏,面孔
顷刻间变得火一样鲜红,
呼吸停顿在她的嘴角上,
她两眼昏花,两耳嗡嗡响……
黑夜降临,月亮出来巡游,

远方是一望无际的苍穹，
夜莺也在昏暗的树林中
扬起了它的响亮的歌喉；
夜里，达吉雅娜不能入眠，
她在跟奶妈轻声地交谈。

十七

"睡不着，奶妈，这儿憋死人！
打开窗子，来我身边坐坐。"
"达尼娅！怎么啦？"——"心里发闷，
你跟我谈谈早先的生活。"
"叫我说什么，我的达尼娅？
早先那些真真假假的话，
从前么我倒是记得好多，
有的讲美女，有的讲恶魔；
可现在我糊涂了，达尼娅，
从前知道的，现在已忘掉。
那倒霉的时辰就快来到！
我老糊涂啦……"——"你讲讲，奶妈，
讲一讲你们早先的年头，
那时候你谈过恋爱没有？"

十八

"唉，得了吧，达尼娅！那些年
我们没听说过什么叫爱；
要不我那个婆婆她真敢
把我弄死，不让我活下来。"——

"那你怎么出嫁的呢,奶妈?"——
"上帝的旨意。我的万尼亚
比我年纪还小,我的宝贝,
我那时也只有十三周岁。
媒婆来回跑了几个星期,
来找我的爹妈嘀嘀咕咕,
最后我爹就给我祝了福。
我怕得厉害,伤心地哭泣;
一边哭,就把我辫子解开,
唱着歌把我往教堂里带。"

十九

"就这样被带到别人家里……
可你并没有听我讲话呀……"
"哎呀,奶妈,奶妈,我好闷气,
我难受,我的亲爱的奶妈:
我想哭,我真想一阵痛哭……"——
"我的孩子呀,你是不舒服,
愿老天爷大慈大悲佑庇!
你要什么?你说,我拿给你……
我给你洒上几滴圣水吧,
你全身滚烫哟……"——"我没生病;
我……你晓得吗……爱上一个人。"——
"我的孩子,上帝保佑你啊——"
于是奶妈用她力衰的手
给姑娘画十字祈求保佑。

二十

"我爱上一个人。"——她又一回
对老婆婆低声痛苦地说。
"你确实生了病,心肝宝贝。"——
"我爱上一个人,别打扰我。"
这时候月亮在天空高照,
而一片幽暗的微光恰好
照出达尼娅的苍白面颊
和她一绺绺散乱的头发,
大滴的眼泪不停地流淌,
穿棉坎肩照看她的老妇,
在姑娘身前长凳上坐住,
头巾包裹着她白发苍苍,
一切在寂静中进入睡乡,
沐浴着触发灵感的月光。

二十一

达吉雅娜在凝望着月光,
她的心已经远远地飞驰……
突然间她有了一个思想……
"你去吧,让我一人在这里。
给我把纸和笔拿来,奶妈,
把桌子移过来,我就躺下,
再见吧。"于是剩下她自己。
月光照耀着她,万籁俱寂。
达吉雅娜伏在案头写信,

她的心中只有叶甫盖尼,
在这封考虑欠周的信里,
流淌着天真少女的爱情。
信写好,折得像张小纸片……
达吉雅娜!信是写给谁看?

二十二

我认识些难接近的女郎,
她们像冬天样莹白、冰冷,
她们心如铁石,面若冰霜,
让别人实在是莫测高深,
我赞叹她们时髦的骄傲,
和她们天生的高尚情操,
然而,我承认,我躲避她们,
她们眉头上的地狱碑文,
我似曾战战兢兢读到过:
"你要永远放弃你的希望!"[20]
对她们动了情就是祸殃,
吓跑你就是她们的快乐。
或许诸位就在涅瓦河旁,
也曾遇见过这类的女郎。

二十三

在驯服的崇拜者包围中,
我见过另一些古怪女人,
对于热情的叹赏和赞颂,
她们总报以矜持的冷峻。

可是我发现了什么？奇怪，
原来她们故作严厉姿态
吓唬你羞怯的爱慕之心，
同时却又重新把你勾引，
至少要向你说一句抱歉，
或者至少她们的语调里
会含有一点儿柔情蜜意，
于是那些年轻的痴心汉，
便会沉醉于轻信的迷惘，
重新为心爱的空虚奔忙。

二十四

达吉雅娜为何该受责难？
因为她出于可爱的纯真，
竟不知道什么叫做欺骗，
对选定的幻想非常忠心？
因为她对恋爱不耍手腕，
因为她全心意服从情感，
因为她如此地轻信人家？
难道因为上帝赐给了她
生气勃勃的意志和聪明，
赐给她难以平静的想象，
以及那别具一格的思想，
和一颗热烈温柔的心灵？
难道你们就偏不能饶恕
她这次感情冲动的轻浮？

二十五

风情女子会冷冷地计算,
达吉雅娜只会真诚地爱;
她献身给爱情毫无条件,
就好像一个可爱的婴孩。
她不会这样说:拖它一下——
如此能抬高爱情的身价,
能让他更深地堕入情网;
开始的时候,我们用希望
刺激他的虚荣,再用疑难
折磨他的心,然后再使用
嫉妒的烈火使得他激动;
要不然呀,一旦玩得厌烦,
狡猾的俘虏会随时随地
挣脱掉枷锁,再溜之大吉。

二十六

早就预见到这件事难办,
为挽回祖国荣誉的缘故,
我毫无疑问,也理所当然,
要翻译达吉雅娜的情书。
她的俄语学得实在不好,
她不读我们的杂志书报,
表达思想时用祖国语言
对于她还有一定的困难——
正因此她用的是法国话……

该怎么办呢！我再说一声，
直到如今女士们的爱情
还都不能够用俄语表达，
到如今我们骄傲的语言，
还不习惯写散文体信函。

二十七

有人想强迫我们的闺秀
读俄语，我知道，可怕至极！
我真难以想象，一本《良友》[21]
怎能出现在她们的手里！
诗人朋友们，请你们作证，
为奉上你们自己的忱诚，
难道不也曾一时间冒失，
偷偷地写作过一些情诗，
去献给这些可爱的娇娃？
难道这些美人俄语不是
全都使用得非常地吃力，
都那么可爱地歪曲了它？
难道外国话在她们嘴边
不是已变成自己的语言？

二十八

上帝，可别叫我在舞会中，
或在门廊里和谁道别时，
与围黄披肩的女生相逢，
或遇见戴小帽的女院士！

那没有语法错误的俄文,
恰像是没有笑意的红唇,
我是一向都不怎么喜爱。
也许吧,这正是我的悲哀,
新近出现的这一代美人
会应杂志上哀求的呼吁,
要我们去关心语法规律,
说不定还会大作其诗文;
可是我……这与我有何相干?
我们要信守古老的习惯。

二十九

那些个咬字不清的语音、
不合语法的随意私房话,
还像过去一样让我动心,
引起我内心的颤栗惧怕;
我无力去为此领受懊悔,
我仍然喜爱那高卢①风味,
像喜爱少年时代的过失,
喜爱波格丹诺维奇②的诗。
且罢,这些我们暂时不讲。
我要译我的美人的书信,
有什么办法,我已经应承。

---

① 高卢,指法国。高卢为古地区名,分内外两部,外高卢即今法国、比利时、卢森堡及荷兰、瑞士的一部分。
② 伊波里特·费德罗维奇·波格丹诺维奇(1748—1803),俄国诗人和戏剧家,写过一部诙谐长诗《宝贝儿》,本书中即指这部作品。

说实话我现在真想赖账。
我也知道：帕尔尼①的笔调，
在我们今天可并不时髦。

三十

《酒宴》的作者②，哀伤的歌手，[22]
假如你仍然和我在一道，
我会以毫不客气的请求，
我亲爱的朋友，把你打扰：
请你把这位热情的姑娘
以异国语言吐诉的衷肠，
用令人迷醉的诗句翻译，
你在哪儿？来吧！把这权利
恭恭敬敬向你贡奉进献……
但是啊，在那悲戚的山巅。
他的心不习惯听人诵赞。
他独自头顶芬兰的苍天
到处流浪，因此他的灵魂
听不见我的痛苦的呻吟。

三十一

达吉雅娜的信在我面前，
我一直把它神圣地守护，
一遍又一遍地百读不厌，

---

① 帕尔尼(1753—1814)，法国诗人。
② 《酒宴》的作者，指巴拉丁斯基(1800—1844)，普希金的朋友和同时代的诗人。

我读它,心怀隐秘的痛苦。
谁教会她这种温柔情意,
这种可爱而轻率的文辞?
谁教会她这动人的胡诌,
心灵的狂言乱语的涌流,
这些有害又诱人的东西?
我不能理解。这就是一份
我的不完备的拙劣译文,
像生动图画的减色摹拟,
像胆怯的小学生的指头
演奏出的一曲《魔弹射手》①。

达吉雅娜给奥涅金的信

我给您写信——难道还不够?
还要我再说一些什么话?
现在我知道,您是有理由
用轻蔑来对我施以惩罚。
但您,对我这不幸的命运
如果还保有点滴的爱怜,
我求您别把我抛在一边。
最初我并不想对您明讲;
请相信:那样您就不可能
知道我是多么难以为情,
如果说我可能有个希望
见您在村里,哪怕很少见,
哪怕一礼拜只见您一面,

---

① 《魔弹射手》,德国作曲家韦伯(1786—1826)的歌剧。

只要让我听听您的声音,
跟您讲句话,然后就去想,
想啊想,直到再跟您遇上,
日日夜夜惦着这桩事情。
但人家说,您不和人交往;
这片穷乡僻壤惹您厌烦,
我们……没有可夸耀的地方,
虽然对您是真心地喜欢。

为什么您要来拜访我们?
在这个人所遗忘的荒村,
如果我不认识您这个人,
就不会尝到这样的苦痛。
我幼稚心灵的一时激动
会渐渐地平息(也说不定?),
我会找到个称心的伴侣,
会成为一个忠实的贤妻,
会成为一个善良的母亲。

另外的人!……不,我的这颗心
世界上谁也不能够拿去!
我是你的——这是注定的命,
这是老天爷发下的旨谕……
我之所以需要这样活着:
就是为了保证和你相见;
我知道,上帝派你来给我
做保护人,直到坟墓边缘……
你曾经在我的梦中显露,
我虽没看清你,已觉可亲,

你的目光让我心神不宁，
声音早响彻我灵魂深处……
不啊，这并不是一场梦幻！
你刚一进门，我马上看出，
我全身燃烧，我全身麻木，
心里暗暗说：这就是他，看！
不是吗？我听过你的声音：
是你吗，悄悄地跟我倾谈，
当我在周济着那些穷人，
或者当我在祈求着神灵
宽慰我激动的心的熬煎。
在眼前这个短短的一瞬，
不就是你吗，亲爱的幻影，
在透明的暗夜闪闪发光。
轻轻地贴近了我的枕边？
不是你吗，带着抚慰、爱怜，
悄悄地对我在显示希望？
你是什么？保护我的天神，
还是个来诱惑我的奸人？
你应该来解除我的疑难。
也许，这一切全都是泡影，
仝是幼稚的心灵的欺骗！
命定的都是另一回事情……
但是，就算事情正是这样，
我从此把命运向你托付；
站在你面前，泪珠在脸上，
我恳求能得到你的保护……
你想想，我在家孤孤零零，
没有一个能了解我的人，

不分昼夜,头脑昏昏沉沉,
我只有默默地了此一生。
我等你,用世上唯一的眼
来把我心头的希望复活,
或把这沉重的噩梦捅破,
唉,用我应该受到的责难!

写完了!我真怕重读一遍……
木然地感到羞惭和惧怕……
您的高贵品格是我靠山,
我大胆把自己托付给它……

三十二

达吉雅娜时而呻吟、叹息,
这封信在她的手里发颤;
玫瑰色封缄条①含在嘴里,
火热的舌尖已把它烤干。
她歪斜着头脑袋兀自呆坐,
任凭那薄薄的衬裙滑落,
露出了她那动人的肩膀……
这时候月儿已黯淡无光。
山谷正冲破稀薄的雾霭,
渐渐地显出自己的轮廓,
小溪流也开始银光闪烁,
牧人的号角唤村民醒来。
清晨降临,人们早已起床,

---

① 封缄条,一种涂有胶水的小纸片,封信口用。

可达吉雅娜却无心去想。

三十三

她没注意到窗外的霞光,
只顾低着头呆坐在一边,
也没把自己精雕的图章
盖在那写好的情书后面。
这时房门被轻轻地推开,
老菲利普耶芙娜走进来,
用茶盘端来了一杯红茶:
"你该起床啦,我的小娃娃,
啊你!美人,已经穿衣起身,
我的早早地起床的小鸟,
昨晚上可把我吓了一跳!
你哟,谢天谢地,没有生病!
昨夜的忧愁已烟消云散,
你现在已经是红光满面。"

三十四

"哎哟,奶妈,给我办件事情……"——
"好呀,亲爱的,你就尽管说。"——
"你可别……真的……可别犯疑心……
不过你瞧……哟!可别拒绝我。"——
"我的好人,上帝给你担保。"——
"好,派你孙子,别叫人知道,
把这信送给奥……送给那个……
那个邻居……要对你孙子说——

让他一个字儿也别提起,
让他千万可不要提起我……"——
"我的亲爱的,送给哪一个?
我如今一点儿也没出息,
左邻右舍的人有好些哟,
我怎能把他们一一数过?"

三十五

"你呀你,瞧你多笨呀奶妈!"——
"我的心肝,我已老得不行,
老啦,脑子糊涂啦,达尼娅;
可在早先呀,我也挺机灵,
早先老爷们吩咐我的话……"——
"哎呀,奶妈!快别扯这扯那,
我管你脑子机灵不机灵?
你明白吗,我这儿有封信,
送给奥涅金。"——"啊,好办,好办。
我的宝贝,你可别气嘟嘟,
你要知道,我搞不大清楚……
你的脸色怎么又很难看?"——
"奶妈,什么事儿也没有呀。
快打发你的小孙子走吧!"

三十六

一整天过去了,没有回音,
又是一天,消息还是没有。
达吉雅娜脸苍白像幽灵,

她一早就等,还得等多久?
奥尔加的崇拜者又来访,
"你的朋友哪儿去了,你讲。"
女主人怀着疑问回他道:
"他简直把我们都要忘掉。"
达吉雅娜红着脸在哆嗦。
"今天他答应了说他要来,"
连斯基回答这位老太太,
"显然是等邮件有了耽搁。"
达吉雅娜眼帘低低垂下,
像挨了一顿狠狠的责骂。

三十七

天色已转暗,晚茶的茶炊
闪闪发亮,在桌上咝咝响,
它烧沸了瓷壶里的茶水,
薄薄的水雾在四周飞扬。
这时已从奥尔加纤手下,
斟出一杯又一杯的香茶,
浓酽的茶汁不停地斟倒,
一个小仆人送上了奶酪;
达吉雅娜独自站立窗旁,
她在对冰冷的玻璃呵气,
我的宝贝啊,她万念千思,
在蒙着水雾的窗玻璃上,
用她纤细的手指在书写
两个心爱的字母:O(奥)和 E(叶)。

三十八

这时她的心正阵阵作痛,
她幽怨的眼睛含泪欲滴,
突然,马蹄声!……血不再流动。
更近了!马在跑……叶甫盖尼
进门了!呀!——比影子还轻巧,
达吉雅娜跳进另一过道,
从门廊进院子,直奔花园,
飞跑呀,飞跑呀,连看一眼
她也不敢;转瞬间她已经
越过花坛、草地还有小桥、
小树林,通向湖边林阴道,
穿过丁香花丛开的花坪,
沿着花池子向河边奔去,——
终于,她倒在长椅上喘嘘。

三十九

她倒下……"来了,他!叶甫盖尼!
啊,上帝呀!他究竟怎么想!"
在她那充满痛苦的心里
还有希望的梦,尽管渺茫。
她浑身发热,四肢在打颤,
她在等:他没来?她听不见。
只有一群女仆爬上山坡,
正在小树丛里采摘浆果,
她们奉命齐声唱支歌儿。

（下达这样的命令是因为
不能让那些狡猾的馋嘴，
偷偷地吃掉老爷的果子，
唱歌能占住她们的嘴巴；
真是乡下人的聪明办法！）

姑娘们的歌

姑娘们呀，好美人儿，
心肝们呀，一大群儿，
快来玩玩呀，大姑娘，
亲爱的人儿，乐一场！
唱啊唱啊唱起歌儿，
心中的歌儿唱一个，
跳起舞来逗小伙儿，
让他们来呀看咱乐，
小伙子呀，你受骗了，
远远地呀，你看见了，
亲爱的呀，快快地跑，
用樱桃呀，去打他们，
用覆盆子呀，用樱桃，
谁让你敢来呀偷看
听我们心爱的歌儿，
谁让你跑来呀偷看
看大姑娘们做游戏。

四十

她们的歌声是多么嘹亮，

达吉雅娜却无心去倾听,
她正在焦急地等待、盼望,
想让她颤抖的心儿平静,
让脸上的红晕快快消散。
但是胸口仍不停地震颤,
她那面颊上的两团火光,
反倒更燃烧得十分明亮……
像可怜的蝴蝶,躲躲闪闪
挣扎着,扇动彩虹般的翼,
被顽皮的小孩捏在手里;
像小兔惴惴地躲进麦田,
当它突然间惊慌地看清,
远处一支羽箭射入丛林。

四十一

终于只听得她长叹一声,
便离开了坐椅站起身来,
她走了,可是刚转入小径,
在她的眼前,躲也躲不开,
叶甫盖尼目光炯炯有神,
真像是一个威严的精灵。
这时仿佛是被烈火灼烧,
她立刻停住,再抬不动脚。
但这次的邂逅结果怎样,
诸位亲爱的朋友,我今天
再也没力气给你们详谈,
说了这许多话,现在应当
休息休息,出去散一会步,
另找时间再来完成叙述。

第四章①

La morale est dans la nature des choses.

——Necker②

一、二、三、四、五、六

七

对于女人我们越是不爱,
越容易讨得她们的欢喜,
也更有把握把她们毁在
一张张的诱惑的罗网里。
往常荒淫无耻的冷血人
被认为懂得恋爱的学问,
自己给自己到处去吹牛,
说他从来不爱,只是享受。
但是这种了不起的娱乐,
只在被颂扬的祖宗时代

---

① 普希金于1824年10月末在米哈伊洛夫斯克村开始写第四章,1826年1月6日写完全章。1826年底又对全章重新作了修改。第四章与第五章一起于1828年1月31日出版。

② 法语:道德在事物的本性中。——内克。本章题词引自斯塔尔夫人所写的《对法国革命的看法》一书。这是斯塔尔夫人的父亲内克和米拉波谈话中所说的一句话。

那群老猴子才觉得可爱；
勒甫雷斯美名已经衰落，
连同红色鞋后跟的名声，
雄威的假发①已无人问津。

八

谁不厌烦那些虚情假意，
那花样翻新的滥调陈词？
竭力煞有介事地要让你
相信人人早已相信的事，
老听见千篇一律的责难，
他们所力图清除的偏见
是哪怕十三岁的小姑娘
也决不会有的胡思乱想！
谁不厌倦啊，对那些欺骗、
伪装的惧怕、誓言和恳请、
洋洋洒洒六大页的书信、
恐吓、造谣、眼泪以及指环，
姑妈、母亲老是监视着你，
还有丈夫们沉重的友谊！

九

这正是叶甫盖尼的心境。
他在自己的生命的春天，

---

① 假发，18世纪法国上流社会中轻浮淫靡之风盛行，崇尚奇装异服，贵族出入宫廷，都要头戴假发，脚踏一双红色高跟靴。

已经牺牲于奔放的激情
和那种狂热不羁的迷恋。
他听凭生活习惯的纵容,
某一时对某事十分热衷,
对另一事则已感到扫兴。
希望在慢慢折磨他的心,
轻易的成功也使他苦恼,
喧闹和寂静中他都听出
无休无止的心灵的怨诉,
为了压住呵欠,只好发笑,
他这样葬送了八年光阴,
浪费掉人生美好的青春。

十

他已经不再爱那些美人,
只不过无心地聊为追求;
拒绝了——顷刻间心情平静,
变心了——正是休息的时候。
他找女人时并不觉甜蜜,
丢开她们时也毫不可惜,
不去记她们的爱和狠毒。
恰像是一个淡漠的赌徒
黄昏时走过来赌上一场,
坐下去,玩它一局"威斯特";
赌完了,便起身告别、上车,
一回家便安然进入梦乡,
每天早晨自己也很难说,
这天夜晚将在何处消磨。

十一

但是收到达尼娅的来信,
奥涅金曾经深深地感动,
少女的梦使他思绪不宁,
搅得他心头像一窝蜜蜂;
他想着可爱的达吉雅娜,
忧郁的容颜、苍白的面颊,
这时候他的整个的心灵
沉没于甜美、无邪的梦境。
或许,大约有一分钟光景,
他燃起昔日情感的火焰,
但是他并不存心去欺骗
那天真的心对他的轻信。
现在我们赶快飞往花园,
达吉雅娜和他正在会面。

十二

几分钟两人都保持沉默,
终于是奥涅金向她靠拢,
对她说:"您写了封信给我,
请不必否认。在这封信中,
我读到信赖的心灵倾诉,
也读到无邪的爱情流露;
我很喜欢您的一片真诚,
它使我早已消沉的感情
又重新掀起了层层波澜;

可是我并不想把您夸奖，
正像您对我的真诚一样，
我也报以坦率，毫无遮掩，
请您听听我内心的表白：
我把我自己交给您决裁。

十三

"假如我想用家庭的圈子
来把我的生活加以约束；
假如因幸福命运的恩赐，
要我做一个父亲和丈夫；
假如那家庭生活的画面，
哪怕只一分钟让我迷恋，——
那么只有您才最为理想，
我不会去另找一个新娘。
我这话不是漂亮的恋歌，
如果按照我当年的心愿，
我只选您做终身的侣伴，
伴我度过那悲凉的生活，
一切美，有您我都能满足，
我要多幸福……就能多幸福！

十四

"但我却不是为幸福而生，
我的心和幸福了无因缘；
我配不上您完美的天性，
您的美对于我只是徒然。

请您相信(良心可以担保),
我们结合只会带来苦恼。
我不管怎样地和您相爱,
一旦生厌,就会把您丢开;
您会哭泣,然而您的眼泪
也决不能够打动我的心,
只能激怒它,更惹它气愤。
想想吧,许门①为我们两位
准备下什么样的玫瑰花,
也许,还要长久地守着它!

十五

"世界上有什么比这更坏:
一个家庭里,可怜的女人,
日夜孤单单地忧思满怀,
为个不相配的丈夫伤心;
烦闷的丈夫明知她可贵
(却又诅咒命运,自叹倒霉),
老是两眉紧锁,沉默不言,
冷冷地嫉妒着,怒气冲天!
我就是这样。凭您的纯洁、
凭您的聪明,您给我写信,
您那颗朴实的火热的心
要寻求的难道就是这些?
难道说严厉的命运之神
给您准备下这样的一生?

---

① 许门,希腊神话中的婚姻之神。

十六

"幻想和年华一去不再来,
我无法复活我死去的心……
我爱您,用一种兄长的爱,
而且也许还更温柔,深沉。
请您别生气,再听我来讲:
年轻姑娘的轻浮的幻想
都会不时地更替和变换;
正如同每一年到了春天,
树木都要更换一次新绿。
这显然都是上天的安排。
将来您一定会重新恋爱,
但是……掌握自己,此乃必须;
并非人人都这样了解您,
缺乏经验可能造成不幸。"

十七

叶甫盖尼这样教训一番,
达吉雅娜静静听他演说,
泪眼模糊,什么都看不见,
她屏住气息,并不加辩驳。
他伸手给她,她一声不响,
(呆板地,像人们说的那样)
悲戚地、轻轻地偎依着他,
昏沉沉的头低低地垂下;
他们绕过菜园往家中走,

两个人一同回到了房里,
并没有人对此表示非议:
乡下有乡下的一套自由,
这自由有它幸福的地方,
这和高傲的莫斯科一样。

十八

我的读者,您一定会赞成,
说在伤心的达尼娅面前,
这位朋友有可爱的言行;
他并非在此才初次表现
他的心灵中正直的高尚,
尽管人们由于存心不良,
对于他丝毫也不肯宽宥,
他所有的仇人以及朋友
(或许两者原本难以区分),
都对他百般地恶意攻击,
人生在世难免树些仇敌,
但是要请朋友饶了我们。
天哪!我的这些朋友、朋友!
我提他们决非毫无来由。

十九

怎么?没什么!我只想打消
一些空洞的、阴郁的幻想;
我不过在这里顺便提到,
所有的卑鄙龌龊的诽谤,

撒谎专家阁楼里制造的①,
市井之辈所津津乐道的,
诸如此类的,流言和蜚语,
以及泼妇骂街似的警句,
都会被您朋友,出于失言,
毫无恶意、不耍任何花样,
在那正派人士的集会上,
面带微笑地重复一百遍;
此外,他对您是忠诚无上:
他那么爱您……和亲人一样!

二十

哼!哼!我的可尊敬的读者,
您的亲戚是否全都健在?
我请您原谅:在此时此刻
您或许也愿意再听我来
谈谈亲戚是怎么回事情。
所谓亲戚,就是这样的人:
我们有义务对他们亲密,
爱他们,怀抱由衷的敬意,
而且按照本民族的习惯,
圣诞节还要去拜望他们,
或者是写一封祝贺的信,

---

① 撒谎专家,指一个美籍俄国人费·伊·托尔斯泰。普希金曾一度把他当朋友看待,可是他却在社会上那些"市井之辈"当中造谣说,普希金因为写了自由思想的诗,被秘密机关抓去打过一顿,普希金对此颇为气愤,甚至想跟他决斗。阁楼,指沙霍夫斯科伊家的晚会。普希金1822年9月1日写给维亚泽姆斯基公爵的一封信可以证明以上两点。

以便一年中其余的时间
他们可不要再想起我们……
好吧,愿上帝赐他们永生!

二十一

温柔美人的情爱,看起来,
比友谊和血缘更为可靠:
即使有狂风暴雨的破坏,
对它的权利你不会失掉。
这是当然,但时髦的旋风,
但天生的任性以及放纵,
但交际场上舆论的洪流……
而女性又像羽毛般轻柔。
再说嘛,还有丈夫的意见,
对一位贤德的妻子来讲,
也应该是永远不可违抗;
于是乎您的忠实的女伴
往往转瞬间就变了心意,
爱情原本是魔鬼的把戏。

二十二

谁值得去爱?谁值得相信?
只有谁不会把我们背弃?
谁衡量一切话、一切事情,
都用你的尺度,真心诚意?
谁不用流言把我们诋毁?
谁能殷切关怀、体贴入微?

谁能够容忍我们的缺陷?
谁永远不会对我们厌烦?
幻影的徒劳的追逐者呀,
别再去白白地浪费精力,
我劝您还是去爱您自己,
我的该受尊敬的读者啊!
这是值得爱的对象,大概
没有谁比自己更加可爱。

二十三

花园的相会有什么结果?
唉!这结果并非难以猜想!
爱情的种种昏庸的折磨
并没有从此就不再激荡
沉湎于悲伤的年轻心灵;
不啊,那无可慰藉的激情
更常来把达吉雅娜煎熬,
睡神已从她的床上逃掉;
生活的花朵与甜蜜、健康,
以及处子的平静和笑颜,
都像空谷之音似的消散,
达尼娅的青春失去光芒:
恰似一个白昼刚刚出现,
便被风暴打得阴沉黯淡。

二十四

唉,达吉雅娜一天天衰颓,

她苍白、销黯,她沉默无言。
对一切她都不产生兴味,
没什么能打动她的心弦。
邻居们郑重地把头摇摇,
背地里嘀嘀咕咕地说道:
是时候了,就应该让她出嫁!
但够了,幸福的爱情图画
才能够愉悦诸位的想象,
我要赶快把这些事谈论。
我亲切可爱的读者诸君,
我心头不由地感到惆怅,
请原谅:我是这样地爱她——
我的那可爱的达吉雅娜!

二十五

奥尔加既美丽而又年轻,
连斯基越来越沉醉、迷惘;
弗拉基米尔整个的心灵
不由得跌入甜蜜的罗网。
他俩形影不离,在她房里,
他们在黑暗中相互偎依;
走进了花园,他俩手牵手,
迎着晨光在一块儿漫游;
还能怎样?他陶醉于爱情,
心灵在温柔羞怯中骚动,
只有奥尔加偶尔用笑容
鼓励,他才敢吻她的衣襟,
或是伸过手去抚弄一下

她的蓬松的鬈曲的美发。

二十六

他有时读书给奥丽雅①听，
读一读劝修德的大文章，
小说作者深谙人的本性，
甚至超过了夏多布里昂②，
可是遇到那么两页三页，
（一些无聊的臆造和胡扯，
对姑娘家的心没有益处。）
他却红着脸，翻过去不读。
有时远远躲开所有的人，
他们两人摆开国际象棋，
手肘撑在桌上，默默沉思，
就这样面对面坐上一阵，
心不在焉的连斯基竟欲
用自己的卒吃自己的车。

二十七

即使回到家里也是一样，
他心中只有一个奥尔加，
她的纪念册拿在他手上，
他殷勤地为她赋诗作画：
有时候画一幅农村风光，

---

① 奥丽雅，奥尔加的一种爱称。
② 夏多布里昂(1768—1848)，法国浪漫主义作家。

画块墓石或爱神的庙堂,
或是轻轻地用笔和彩色,
画只歇在竖琴上的白鸽;
有时在纪念册的篇页上,
在别人题写的词句下面,
给幻想留下无声的纪念,
他写上一些悱恻的诗行,
让瞬息的思绪永留痕迹,
多年后依然保存在那里。

二十八

乡下小姐的那种纪念册,
您自然不止一次地见过,
她的女友们用笔和彩色,
会将它上下左右地涂抹。
在这里正字法全属多余,
民间习惯,写诗不讲格律,
诗行有时缩短,有时拖长,
表示友情,聊志终生不忘。
在第一页上你就会看见:
Qu'écrirez-vous sur ces tablettes①;
签名是:t. à. v. Annette②;
而在那最后的一页上面:
"谁如果是爱你更为深切,
就请他接着我往下再写。"

---

① 法语:请在这纸上写点什么话。
② 法语:您忠贞的安耐塔。

二十九

这里面您一定能够发现
两颗心、几朵花、一支火炬;
您想必会读到这种誓言:
你我终生相爱,至死不渝;
某一位诗兴大发的兵士
在其中乱涂了几句歪诗。
我的朋友们,在纪念册上,
老实说,我也爱写上几行,
因为我实实在在地相信,
尽管我随意地信口雌黄,
仍获得她们善意的欣赏,
过后也没人认真地评论,
没有人面带阴险的微笑,
分析我的撒谎是否巧妙。

三十

但是纪念册啊,豪华、堂皇,
你们这些杂乱的厚书本,
曾叫蹩脚诗人搜索枯肠,
却只配魔鬼的书库保存,
托尔斯泰①用神奇的画笔,
巴拉丁斯基用他的诗什
一挥而就地装饰过你们,

---

① 费·彼·托尔斯泰(1783—1873),俄国画家、雕刻师、雕塑家。

愿天火把你们烧成灰烬!
每遇到一位豪华的贵妇
将她的 in-quarto① 交到我手里,
我忍不住发火,浑身颤栗,
这时候,在我的内心深处
真想写个警句挖苦一下,
结果却得作首颂诗给她!

三十一

在奥尔加那本纪念册里,
连斯基写的却并非颂诗;
他笔下倾吐火热的情意,
并非在冷冰冰炫耀才思;
奥尔加的一切,看到一点、
听到一点,都在笔下重现;
于是哀歌像水流般奔腾,
充满着发自肺腑的真情。
你,富于灵感的雅济科夫②,
每当心血来潮,感情激荡,
天知道你是在为谁歌唱,
你写下的哀歌,收拢一处
将会集成一部珍贵小说,
叙述你命运的全部经过。

---

① 法语:四开本(纪念册)。
② 尼古拉·米哈伊洛维奇·雅济科夫(1803—1846),普希金的同学和朋友。当时率先以写哀歌和学生歌曲闻名。

三十二

但请你安静！你可曾听见
严厉的批评家①命令我们
丢开哀歌的寒碜的花冠，
对我们这些蹩脚的诗人
大喊大叫地说：别再哭号，
你们别一味地唱些老调，
不要老是哀伤从前的事，
受够了，唱点儿别的东西！
"你说得对，你大概要我们
将号角、面具和短剑拿起，
你是要我们去千方百计
复活思想的死去的资本②。
不是吗，朋友？"——哪里！决不是：
"先生们，应该写点儿颂诗。"

三十三

"像在过去的强盛的日子，
像古代诗人那样地去写……"——
老是那一套庄严的颂诗！

---

① 严厉的批评家，指维·加·丘赫尔别凯(1797—1846)，当时俄国的著名诗人，普希金的朋友。他在1824年出版的文集《姆涅摩辛纳》第二卷中写了一篇题为《论近数十年我国诗歌，尤其是抒情诗歌的发展方向》的文章，其中严厉批判当时的哀歌倾向而主张多写颂诗。普希金对这篇文章印象很深，但并不同意他的观点。
② 死去的资本，指过去的历史事件。号角、面具、短剑等等都是当时一些描写历史题材的作品中经常出现的东西。这段议论针对古典主义。

得了吧！朋友，有什么差别？
想想，讽刺家①说过什么话！
写《洋腔洋调》的俏皮作家，
比我们哀伤的蹩脚诗人
难道就更能够让你容忍？——
"但哀歌中一切都无意义，
只有可怜而空虚的目标；
颂诗的目标庄严而崇高……"——
这里我们大可讲讲道理，
不过我再也不想多说话，
我不愿让两个时代②吵架。

三十四

连斯基崇拜光荣和自由，
汹涌的思潮如滚滚海浪，
他也能把颂诗写上几首，
但是奥尔加却并不欣赏。
可曾有诗人对自己情人
噙着泪朗读自己的作品？
据说，在我们这个世界上
得不到比这更高的奖赏。
的确，谦卑的情人很幸福，
当他把自己心头的梦想
对他讴歌和爱恋的对象——

---

① 讽刺家，指伊·伊·德米特里耶夫。他在 1795 年写过一篇讽刺诗《洋腔洋调》，其中嘲笑了一个低能的颂诗作家。
② 两个时代，18 世纪末俄国贵族作家中写颂诗的居多，而 19 世纪初，则大兴哀歌之风，颂诗与哀歌之争，几乎形成诗歌领域内两个时代的争吵。

快乐又惆怅的美人——倾吐!
他多么幸福啊……虽然这时
她或许正想着别的心事。

三十五

但我只对我年迈的奶娘①——
她伴我度过青春的日子——
朗读我心头的种种幻想、
和谐的才思结出的果实。
再就是乏味的午餐之后,
扯住串门的邻居②的衣袖,
将他拉到那房间的一隅,
逼着他听我念一段悲剧。
或者(这倒不是在说笑话),
有时为忧思和韵脚所苦,
我便去湖边散一会儿步,
去惊动那一群群的野鸭,
它们听过我悦耳的诗句,
才从湖岸边纷纷地飞去。

三十六、三十七

可是奥涅金现在怎么样?

---

① 奶娘,指普希金的奶娘阿林娜·罗季翁诺夫娜,她是一位有才能的俄罗斯妇女,曾经讲过许多民间故事,唱过许多民歌给普希金听。作家在米哈伊洛夫斯克村居住的这段时间里,的确曾经把许多作品首先朗读给她听。
② 邻居,指А·Н·武尔弗,П·А·奥西波娃的儿子,住在三山村。1826年夏天,普希金曾朗读《鲍里斯·戈都诺夫》给他听。

诸位兄弟,请耐心地等待,
他每天在如何打发时光,
我正要对你们一一道来。
奥涅金真像个隐士一般,
夏天里要一觉睡到七点,
起床以后,只穿一件内衣,
便走向山下奔腾的小溪;
模仿歌颂古丽纳的诗人①
把赫里斯庞特游个来回,
然后才回去喝他的咖啡,
把粗俗的杂志看上一阵,
然后穿衣理装……

三十八、三十九

溪水啊潺湲,树林啊阴凉,
散步、读书、美美睡上一阵,
间或找个黑眼睛的姑娘,
来个火热的新鲜的亲吻,
驯服的骏马鞴上了鞍鞯,
一顿够苛求挑剔的午餐,
深居独处,安静而又自由,
再加上一瓶醇厚的美酒,
便是奥涅金神圣的生活;
他也醉心于这样的日子,

---

① 诗人,指拜伦。古丽纳是拜伦的长诗《海盗》的女主人公。拜伦在《唐璜》的第二章第一〇五节的注释中曾经描写过他自己怎样横游赫里斯庞特(即达达尼尔海峡),时间是在 1810 年 5 月 3 日。

这生活过得清静而舒适，
任美好的夏天匆匆飞过，
忘掉了城市，忘掉了友人，
也忘掉酒宴带来的烦闷。

四十

但是，我们的北方的夏天，
只是南方冬天的模拟画，
谁都知道，它只昙花一现，
虽然我不承认这种说法。
天空中已经弥漫着秋意，
很少有阳光灿烂的天气，
白昼一天比一天地短促，
树林中发出凄凉的哀呼，
不忍将神秘的绿阴退掉，
一层薄雾笼罩在田野上，
大雁已经开始飞向南方，
排成了长阵呱呱地啼叫；
眼下已是十一月的天气，
开始了十分枯燥的冬季。

四十一

朝霞披一层寒雾的帏幔，
田野中渺无劳动的声响；
公狼陪着它饥饿的女伴，
走上了大道，到处去游荡；
赶路的马嗅到狼的气味，

打起响鼻——旅人发现不对,
连忙打着马朝山里飞奔;
牧童不再趁着朝霞上升
把牛一只只地赶出牛栏,
也不在每天的中午时分
吹起号角召唤它们归群;
姑娘在茅屋中一边纺线,[23]
一边唱歌,面前那枝松明——
冬夜的良伴,在爆响不停。

四十二

已是严冬时节,寒气肃杀,
田野里到处都白得好像……
(读者为我们押韵——"玫瑰花";①
那就拿去吧,就算是这样!)
小河闪着银光,裹着坚冰,
比新式嵌花地板还平整;
孩子们结成快乐的一伙,[24]
冰刀嚓嚓地把坚冰划破;
一只笨鹅拖着红红蹼掌,
想到水的怀抱中去游玩,
它小心翼翼踏上了冰面,
一歪一滑就跌倒在冰上;
欢快的初雪在闪烁、飞旋,
落到湖岸上似寒星点点。

---

① 第一行结尾的词原文是 Морозы(严寒),一般诗歌中最常和它押韵的词是 розы(玫瑰花)。作者一面嘲笑了那些"押韵诗人",一面又巧妙地利用了这一对韵脚。

四十三

这时节在荒村能做什么?
去野外游玩?这时的乡间
到处都光秃秃,冷冷落落,
这不免令眼睛感到厌倦。
去寒冷的草原纵马奔腾?
然而马掌已经磨得很钝,
踩在薄冰上会很不牢靠,
随时随地可能跌上一跤。
就坐在空荡荡的小屋里,
读读普拉特①,或者 Scott②,
厌烦了,——那就翻一翻账册,
或者喝点儿酒,发发脾气,
将漫长的黄昏胡乱消磨,
这样冬天也还过得不错。

四十四

真像恰尔德·哈德罗那样,
奥涅金陷入深沉的懒散;
一梦醒来,先走进洗澡房,
冲个冰水浴,然后一整天
埋头去盘算,深闭着家门,

---

① 普拉特(1759—1837),法国政论家,以言辞犀利著称。
② 英文:司各特。司各特(1771—1832),苏格兰小说家、诗人,普希金曾经誉他为心灵的食粮。

手执一根光秃的台球棍,
伏在球案上,一大清早起,
便将两枚台球不断打击。
直打到村子里已是黄昏:
他才抛下球棍,离开球案,
壁炉前已为他备好晚餐,
他在候客;瞧,连斯基光临,
三匹灰马驾车来到门前,
快点儿摆出待客的酒宴!

四十五

克利科寡妇牌、摩爱特牌,①
美酒的瓶上还挂着冰凌,
一瓶又一瓶地端上桌来,
以表示款待诗人的盛情。
美酒闪着灵泉水②的光彩,[25]
那泡沫跳跃得多么欢快,
一见(像这个和那个一样)③
我便陶醉。想当年我常常
为贪杯花光最后一文钱。
你们可记得吗,我的朋友?
它那富有魔力的清流
曾经引出过我多少痴癫、

---

① 克利科寡妇牌、摩爱特牌,都是当时法国的名牌香槟酒。
② 灵泉水,希腊神话中说,飞马玻伽索斯从九位缪斯居住的赫利孔山上跑下来,蹄子踏上干燥的土地,地上便立即现出喷泉来,这种泉名希波克瑞涅,即"灵泉",诗人们从这种泉水中汲取灵感。
③ 从普希金本人所作的注释第 25 条来看,显然是指"爱情"和"不理智的青春"二者。

多少争吵,落下多少笑柄,
给我多少甜梦、多少诗情!

四十六

但这种酒的喧腾的泡沫
早已经不适合我的胃口,
如今早已明白事理的我
宁愿只喝一种波尔多酒①。
阿逸酒②我对它更不欣赏,
它好像一位轻浮的女郎,
虽外表美丽,却轻如飞絮,
活泼而任性,而且还空虚……
但你,波尔多,却像个挚友,
当我遇到不幸的伤心事,
你随时随地是我的同志,
总愿意伸出你援助的手,
或陪我把安闲时光消磨,
万岁!我们的朋友,波尔多!

四十七

炉火将熄,那金色的火炭
已几乎被煤灰全部遮掉;
一缕缕水蒸气隐约可辨,
正袅袅上升,在轻轻盘绕,

---

① 波尔多酒,法国葡萄酒名。
② 阿逸酒,当时法国的一种名牌香槟酒。

壁炉微微地散发着热气，
煤烟从管道流入烟囱里，
闪亮的酒杯在咝咝作响。
黄昏的迷蒙笼罩在世上
（我常常就是在这种时候，
在这狼与狗之间的时辰①
——为何这样说，不晓得原因，——
喜欢和朋友们一块喝酒，
和朋友们天南地北闲谈），
现在两位朋友正在聊天。

四十八

"喂，那两位芳邻近况如何？
达吉雅娜？活泼的奥尔加？"
"劳驾你再斟半杯酒给我……
喝够啦，亲爱的……她们全家
都挺好的，让我向你问候。
啊，亲爱的，奥尔加的肩头
可真够迷人，还有那胸脯！
还有那颗心！咱们有功夫
就去拜访，她们会感觉荣幸，
我的朋友，你自己想想看，
只在人家那露过两次面，
往后就再也看不见踪影。
你看……我真是一个糊涂蛋！
人家请你这星期去赴宴。"

---

① 狼与狗之间的时辰，意即黄昏。

四十九

"请我?""对,达吉雅娜礼拜六
过命名日,奥莲卡①和妈妈
让我请你去,你可没理由
接到了邀请也不去一下。"
"可是那儿会有一大堆人,
那么乌七八糟的一大群……"
"没有外人啊,我敢这么说!
都是自家人。还会有哪个?
咱们去吧,你可要赏个光!
喂,怎么样?""可以去。""你真好!"
一边说,一边就把酒干掉,
算是祝贺芳邻们的健康,
然后便又大谈其奥尔加,
爱情就是这样,真没办法!

五十

他很快乐,再过两周时间
便是择定的幸福的日期。
那顶爱情的甜蜜的冠冕,
洞房花烛夜床帏的奥秘,
正等待他去纵情地享受。
许门带来的悲哀与烦忧
和打呵欠的冰冷的生活

---

① 奥莲卡,奥尔加的又一个爱称。

他连做梦也不曾梦见过。
但我们这些许门的仇敌,
在家庭生活中仅仅看见,
一连串令人厌倦的画面,
仿佛出自拉封丹的手笔……[26]
可怜的连斯基,他从内心,
是为了这种生活而降生。

五十一

有人爱着他……至少他自己
这样相信,他便幸福无穷。
谁能始终事事深信不疑?
谁能够让自己无动于衷,
像一个醉眠的旅人,或者,
像只春花上吮蜜的蝴蝶?
谁能够安然地处处满足,
那他就是一百倍地幸福。
有些人凡事都能有预见,
他的头脑从来不会发昏,
一切的行动,一切的言论,
他都能看到可憎的一面,
阅历使他心灵变得寒冷,
要他得意忘形,决不可能!

啊,但愿你没做过这些可怕的梦。
你,我的斯薇特兰娜!

——茹科夫斯基

一

在那一年里,这儿的秋天
滞留的时间特别地长些,
大自然等呀等,等待天寒。
直到正月才第一次落雪,
那是在大年初二的夜晚。
清晨醒来,达吉雅娜望见
晨曦中院里一片白茫茫,
白色的屋顶、花坛和篱墙,
树木都已经是银装素裹,
玻璃上一层薄薄的冰花,
快活的喜鹊儿叽叽喳喳,
冬天的地毯已铺上山坡,
闪着耀眼银光,又松又软,
周围的一切都洁白、灿烂。

---

① 这一章是在 1826 年 1 月 4 日,即首章结束前 2 日开始写作的。时断时续。1826 年 11 月 22 日全章写完誊清。1828 年与第四章合并一册出版。

二

冬天!……有个农民兴高采烈,
乘一辆雪橇去清扫道路;
他的马儿嗅着冰冷的雪,
弯弯绕绕地迈开了大步;
勇猛的雪橇在向前飞奔,
划出了两条蓬松的沟痕。
赶车的农民稳坐在橇台,
穿件羊皮袄,系条红腰带。
奴仆的孩子跑到雪地上,
雪橇里放着小狗茹其卡,
他自己就来充当一匹马;
小顽皮的指头已经冻僵,
他感到又是疼又是好玩,
母亲却在窗口向他高喊……

三

但是也许这一类的画面
完全引不起诸位的兴趣,
这一切都是低级的自然:
并没有多少高雅的情愫。
一位诗人以华丽的文笔,
再加以灵感之神的激励,
曾经生动地描绘过初雪,
对冬日有过细腻的描写。[27]
他描写乘雪橇秘密出行,

他那诗句真是令人着迷，
这一点我实在深信不疑；
可是我并无意跟他竞争，
你曾把芬兰的少女歌唱，
我一时也无心和你较量！[28]

四

达尼娅（灵魂上的俄国人，
她也不知道为什么这样）
那么热爱俄罗斯的冬景，
热爱它美丽的寒冷风光，
爱太阳下面凛冽的霜冻，
爱乘雪橇滑行，爱晚霞中
闪闪发光的玫瑰色雪片，
也爱主显节夜间的黑暗①。
她们在节日的每个夜晚，
都要按古风来举行庆祝；
全家的女仆为小姐占卜，
她们每年都为小姐抽签，
算定小姐的夫婿会从军，
而她们也将随夫去出征。

五

达吉雅娜一向就很相信

---

① 主显节，即耶稣受洗节，1月6日，它前后的一周，是俄国一年中最冷，夜晚最黑的一段时间。

民间的古老的传说故事，
相信梦、相信用纸牌算命，
相信月亮的预兆和暗示，
有些兆头让她感到害怕；
似乎一切东西都在向她
神秘地宣示着什么事情，
许多预感使她胆战心惊。
炉台上装模作样的小猫，
在打着呼噜，用爪子洗脸；
她觉得就是无疑的预言，
表示有客来访。抬头一瞧，
看见新月两只角的面庞
恰好悬挂在左边的天上，

六

她便面色苍白，直打哆嗦。
有时候，天际的一颗流星，
从那黑夜的太空中掠过，
又碎裂开来，——看到这情景
达吉雅娜吓得惴惴不安，
连忙对着流星默诉心愿，
一直到流星消失了踪影。
如果不巧一个黑袍僧人
在什么地方让她给遇到，
或是田野里飞奔的野兔
横越过她正走着的道路——
她会吓得不知怎样才好，
心头会充满不祥的预感，

她便等待着灾难的出现。

七

结果怎样？通过害怕本身
她发现一种暗藏的美妙；
当大自然最初创造我们，
它就对矛盾非常之偏好。
圣诞节周①到了，多么高兴！
浮躁的年轻人都来算命，
他们对一切都满不在乎，
他们面前是遥远的道路，
前程无量，一片光辉灿烂；
老头儿戴着眼镜来占卜，
虽然一只脚已跨进坟墓，
他们的一切已一去不返；
但希望同样在他们耳旁
用那孩子般的呓语撒谎。

八

达吉雅娜用好奇的目光
凝视着浸入水中的蜡滴，
熔蜡凝聚成奇妙的花样，
正对她显示出某种奇迹；
一只盛满着清水的大盘，
每人从水中捞出个指环，

---

① 圣诞节周，圣诞节后的一个星期。

轮到她捞出那枚指环时,
正唱着一支古老的歌儿:
"那里的庄稼汉呀个个阔,
他们用铁锹呀铲金堆银,
这支歌对谁唱,谁就走运,
谁就荣耀!"然而这一支歌
悲怆的调子常带来晦运;
母猫的歌儿姑娘们爱听[29]

九

寒冷的夜,苍穹明丽洁净,
一群奇妙的星星在天上
流动得多么和谐而安宁……
达吉雅娜披件贴身衣裳
从睡房出来,走进了院落,
拿一面镜子把月光捕捉;
但在她那黯淡的镜面上
颤抖着一个悲哀的月亮……
听,雪在沙沙响……有人走过,
她踮起脚飞快奔向行人,
她的声音是那样地温存,
比芦笛的音调好听得多;
您叫什么名字?[30]行人望望,
然后回答她说:"叫阿卡方。"

十

达吉雅娜照奶妈的主意,

准备在夜深时算上一卦,
她悄悄吩咐,给她浴室里
铺一张餐桌,摆两份刀叉;
但是达吉雅娜恐惧,心跳……
我也——也有点怕,当我想到
那位斯薇特兰娜①——就这样……
且把卜卦的事放下不讲。
达吉雅娜把丝腰带解开,
脱掉了衣裳,便上床入眠。
列里②在她的头顶上盘旋,
把姑娘家的梳妆镜藏在
她那松软的羽毛枕头下。
万籁俱寂,睡啦,达吉雅娜。

十一③

达尼娅做了个奇怪的梦。
她梦见,仿佛她独自一人
走在一片茫茫的雪原中,
四周凄冷,黑压压、雾沉沉;
她面前,穿过许多大雪堆
是严冬未能锁住的河水,
它不停地翻滚、奔腾、喧嚷,
幽暗的水流泛起了白浪;

---

① 在茹科夫斯基的《斯薇特兰娜》中,女主人公斯薇特兰娜就是这样算卦的。
② 列里,古代斯拉夫人的婚姻与爱情之神,只见于一些书写材料中,口头流传不广。普希金曾在《鲁斯兰与柳德米拉》中用过两次这个形象。
③ 从这一节到第二十一节关于达吉雅娜的梦的描写和普希金另一首民歌体的童话诗《新郎官》中娜达莎的梦相似,可参看。

两根冻结在一起的木杆，
搭成一座颤巍巍的小桥，
横跨过这条奔腾的河道；
面对滚滚的喧嚣的深渊，
她犹豫不决，她充满疑虑，
她停住脚，不敢向前走去。

十二

达吉雅娜埋怨这条河流，
怪它拦住了自己的去路；
看不见对岸会有人伸手
来帮助她渡河，将她搀扶；
可是突然，一堆雪在摇摆，
是谁要从雪堆下钻出来？
原来是只大熊，满身长毛，
达吉雅娜"呀"的一声惊叫，
熊咆哮着，长着利爪的掌
朝她伸来；她把勇气鼓足，
迈着那战战兢兢的脚步，
打哆嗦的手撑在小桥上，
她过了河，她继续朝前走——
谁知，大熊紧跟在她身后。

十三

她慌慌张张快步向前走，
真不敢回过头望上一眼，
而长毛的仆人跟在身后，

要想摆脱掉也实在困难；
讨厌的熊哼唧着往前奔，
前面出现一座大的森林，
高大的松树有苍郁的美，
一条条枝丫低低地下垂，
枝梢上压着厚厚的雪花；
透过桦树、白杨、菩提树冠，
那夜空的星群银光闪闪；
无路可走了，树丛和悬崖，
全被暴风雪严严地遮盖，
全都被白雪深深地掩埋。

十四

她走进森林，熊也跟着她，
松软的雪到膝盖那样深；
有时候，一条长长的枝丫
突然间勾住了她的头颈，
有时候又拂过她的鬓边，
猛地揪去了她的金耳环；
秀足陷进了松松的积雪，
拔不出她湿漉漉的皮靴；
手帕落掉，顾不得去拾起，
她害怕，听见熊跟在身后，
不好意思伸出发抖的手
把自己衣襟往上提一提；
她继续跑，熊也步步紧跟，
她已经奔跑得精疲力尽。

十五

她倒在雪地里,那只大熊
敏捷地抓起她,把她拖走;
她屏住呼吸,一动也不动,
她毫无反抗,知觉也没有;
熊带她顺小道奔跑,忽然
一间草棚在树丛中出现,
无边无际的雪四面八方
包围着它,四周一片荒凉,
小窗口射出明亮的灯火,
草棚中不断地喊叫、喧哗。
狗熊说:这是我的干亲家,
你就在他这儿暖和暖和!
于是它一直走进了门廊,
顺手把她放在了门槛上。

十六

达吉雅娜苏醒了,她一看,
狗熊不见了;她在门廊里,
屋内,又是碰杯,又是叫喊,
像举行盛大的葬礼筵席;
这时候,她因为莫名其妙,
便悄悄从门缝往屋里瞧,
她看见了什么?……只见桌旁
坐满妖魔鬼怪,各式各样;
一个长着犄角,嘴像只狗,

另一个脑袋像一只公鸡,
这个女巫,长着山羊胡子,
那边一个骷髅,傲慢、丑陋,
那儿是个长尾巴的矮人,
这儿一个怪物:鹤腿,猫身。

十七

有些东西更可怕、——更奇怪:
瞧,一只龙虾骑着蜘蛛跑,
瞧,鹅颈上是死人天灵盖,
天灵盖打转,戴顶小红帽,
瞧,一架风磨蹲下来舞蹈,
在哗啦啦地响,不停地摇;
狗叫、哄笑、唱歌还有拍手、
人声和马蹄声,无奇不有![31]
但是达吉雅娜该怎样想,
当她在这群宾客中认出
那个她又爱又怕的人物——
小说的主人公,他也在场!
奥涅金正坐在餐桌一边,
并且正向门口偷偷地看。

十八

他一挥手:个个都去奔跑,
他喝酒:个个喝酒和叫喊,
他一发笑:全都哈哈大笑,
他一皱眉:全都沉默不言。

显然那儿的主人就是他,
达吉雅娜便不那么害怕;
这时她出于一种好奇心,
微微地推开一点儿房门……
突然间刮起了一阵狂风,
吹熄了这些夜晚的灯光;
这伙妖魔鬼怪大为惊慌,
但是奥涅金却目光炯炯,
从桌边站起来,一声狂吼,
大家都起立,他走向门口。

十九

达吉雅娜害怕了,于是她
匆匆忙忙极力想要逃跑;
可逃不掉,不管怎样挣扎,
急得四处乱转,直想呼叫;
她叫不出,奥涅金推开门,
于是这位姑娘便只能现身
在这群地狱幽灵的面前,
一阵狂野的笑,所有的眼、
蹄子、弯弯曲曲的长鼻子、
长胡须、蓬松的长毛尾巴、
血红的舌头、长长的獠牙、
犄角和枯骨裸露的手指——
一个个全都指向她的脸,
她是我的!我的!——齐声叫喊。

二十

我的！——叶甫盖尼大喝一声，
这一群鬼怪便突然消隐，
严寒的黑暗中这时只剩
年轻的姑娘和他两个人；
奥涅金手拉着达吉雅娜，[32]
引她到一个角落里坐下，
让她坐在晃动的长凳上，
自己把头倚着她的肩膀；
这时奥尔加走进了屋中，
连斯基跟着她，闪过亮光；
只看见奥涅金把手一扬，
目光在粗野地来回飘动，
对这不速之客破口大骂，
达尼娅气息奄奄地倒下。

二十一

争吵愈来愈凶，叶甫盖尼
抓起一柄长刀，转瞬之间
连斯基被刺死；四周涌起
可怖的阴影、刺耳的呼喊……
小茅屋一直在晃动不停……
达尼娅也在恐惧中惊醒……
睁眼一看，室内已经大亮；
透过结满冰花的玻璃窗，
闪耀着朝霞紫色的光彩。

门开了,奥尔加来到门边,
她比北极的曙光更鲜艳,
比燕子还轻,她飞了进来。
"喂——她说——你赶快讲给我听,
你在梦里见到了哪个人?"

二十二

然而她对妹妹睬也不睬,
拿起一本书去躺到床上,
一页又一页地翻了起来,
对妹妹一个字也不肯讲。
虽然这本书中实在没有
诗人们那些甜美的虚构,
既不含哲理,又不写风景;
然而无论是维吉尔、拉辛,
还是司各特、拜伦、塞涅卡①
甚至《妇女时装》②这种刊物
都不曾像这样把人迷住;
朋友们,这是马丁·沙德加,[33]
这位星象圣人们的头目,
算卦人,详梦家所写的书。

二十三

有一回,一个串乡的货郎

---

① 塞涅卡(前4—65),罗马哲学家和戏剧家,斯多葛学派的奉行者。参见别稿八章第十节。
② 《妇女时装》,可能是指1823年 П·И·沙利科夫公爵发行的《妇女杂志》。

把这部内容深奥的奇书
带到了她们偏僻的村庄,
讨的价钱是三个半卢布,
连一部残缺的《玛尔维纳》①
一起都卖给了达吉雅娜。
他不仅讨去了书的价钱,
还拿走一部粗俗的寓言、
两本《彼得颂》②、一部语法书,
和马尔蒙特尔③的第三卷。
马丁·沙德加,自从这一天,
便是达尼娅心爱的人物……
在她悲哀时给她以安慰,
形影不离,还陪伴她入睡。

二十四

这个梦使得她心情激动,
她不知该怎样解释才好,
可怕的幻象是吉还是凶,
达尼娅想在这书中找到。
达吉雅娜按照字母顺序
先后在索引中查来查去,
松林、狂风、刺猬,还有女巫,
黑暗、小桥、风雪、熊和枞树,
以及其他。要想解除疑虑

---

① 《玛尔维纳》,法国戈旦夫人(参见第三章第九节注)的长篇小说。
② 《彼得颂》,俄国诗人阿·格鲁金采夫的长诗。
③ 马尔蒙特尔(1723—1799),法国作家。

马丁·沙德加也丝毫无用,
而她感到这不吉利的梦
预示着许多悲哀的遭遇。
自从这以后她一连几天,
总是为这个梦心神不安。

二十五

而从清晨的峡谷里,这时,
朝霞伸出它绛紫色的手,
送来一个愉快的命名日,
太阳也紧跟在她的身后。[34]
拉林家一早便挤满客人,
左邻右舍都是阖府光临,
轿车、篷车、敞车,还有雪橇,
人们四面八方纷纷来到。
前厅一片嘈杂,碰东撞西;
客厅里有初识者的寒暄,
孩子的哭泣、奶妈的叫喊、
喧哗、哄笑、门槛边的拥挤、
狗的吠叫、姑娘们的亲吻、
客人们相互的鞠躬致敬。

二十六

脑满肠肥的普斯佳可夫
带来了他的大块头夫人;
葛沃斯金,顶呱呱的地主,
掌管着许多穷苦的农民;

白发的斯考青宁老夫妇
带来些各种年岁的儿女,
从三十岁起,到两三岁止;
彼杜什科夫,县城的浪子,①
以及我的堂兄布雅诺夫②
穿件细绒衣,戴顶鸭舌帽[35]
(他,当然啰,你们都已知道),
退职的参事福里雅诺夫,
粗鄙的造谣家,老骗子手,
还是个贪吃鬼,赃官、小丑。

二十七

随同潘菲·哈里科夫一家
特里凯先生也一道光临,
戴着眼镜和红色的假发,
刚从唐波夫来,人很机敏。
地道法国人,这位特里凯
给达尼娅带了一支歌来,
这曲调孩子们都很熟悉:
Réveillez vous, belle endormie③。
这支歌子原先是编印在
一本老旧的歌曲集子里,
特里凯这诗人聪明伶俐,

---

① 以上几句中普斯佳可夫、葛沃斯金、斯考青宁、彼杜什科夫等姓氏直译是:草包、钉子、畜生、公鸡。有一个并且是从冯维辛的喜剧《纨绔少年》中借用来的。
② 布雅诺夫,普希金的叔父 В•Л•普希金所写的一部戏谑长诗《危险的邻居》的主人公,因此作家称他为"堂兄"。这个姓氏意译为暴徒。
③ 法语:你醒一醒吧,沉睡的美女。

把它从古董里翻了出来,
大胆改——不写 belle Nina①,
而写上 belle Tatiana②。

二十八

恰当此时从邻近市镇上
来了个军官,管一个连队,
他是待嫁姑娘们的偶像,
是本县许多母亲的安慰;
他进屋了……啊,多好的消息,
团部的军乐队也要出席!
派他们来的,是团长本人,
可以跳舞了,多令人兴奋!
丫头们预先在手舞足蹈,[36]
但是开饭了,这时候大家
依次手拉手去桌边坐下。
达尼娅和她们挤在一道,
男宾坐对面,把十字画过,
一边窃窃私语,一边入座。

二十九

谈话声立刻就转入沉寂,
嘴在开始咀嚼。四面八方
全都是杯盘刀叉的敲击,

---

① 法语:美丽的尼娜。
② 法语:美丽的达吉雅娜。

还有那酒杯清脆的碰撞。
但是不多久，在场的客人
又开始喧哗，到处是声音。
谁也不听别人，都在吵闹，
全都在哄笑、争论，还有尖叫。
忽然门开了，连斯基进来，
奥涅金和他一起。"啊！上帝！"——
女主人喊道——"来了呀，到底！"
客人挤来挤去，大家赶快
移动自己的刀叉和座椅，
把这两位朋友安排入席。

三十

正好安排在达尼娅对面，
她比清晨的月亮还苍白，
受惊的小鹿般心惊胆战，
发黑的眼睛不敢抬起来，
心头热情的火猛烈涌起；
她已头昏目眩，喘不过气，
朋友们的祝贺她没听见，
泪水直想冲出她的眼帘；
我们的可怜的女主人公
眼看她就要昏倒在地上，
但是意志和理性的力量
终于取得胜利，透过牙缝
她用两字轻轻作个回答，
勉强支撑着在桌边坐下。

三十一

眼泪和年轻姑娘的昏晕,
这神经质的悲剧的表现,
叶甫盖尼早已不能容忍,
他早就受够了,感到厌烦。
见到这十分丰盛的筵席,
这位怪人早已没有好气。
再加上这位忧伤的女郎,
那一副颤栗的激动模样,
他气恼地眯起一双眼睛,
发誓要激怒一下连斯基,
狠狠出一出心头的闷气。
此刻以预祝胜利的心情,
他开始在心中默默描下
每一位客人的肖像漫画。

三十二

当然并非叶甫盖尼一人
看出达尼娅的这副窘相,
不过全部的目光和议论
都聚在油腻的馅儿饼上
(可惜这馅儿饼味道太咸);
烤肉来了,没上甜食以前,
已经送上一瓶树脂封口、
齐姆良出产的香槟美酒;
接着送上一排排的酒盅,

细长的酒盅,像你的腰身,
啊!姬姬①,我的灵魂的结晶,
我用真情的诗把你歌颂,
你啊,爱情的迷人的大杯,
你曾经多少次把我灌醉!

三十三

拔掉瓶上湿漉漉的木塞,
酒瓶突然发出"砰"的声响,
酒哗哗地流;这时特里凯
早已为他的歌憋得发慌,
他郑重起立,整个的大厅
顿时安静下来,鸦雀无声。
达尼娅几乎透不过气来;
手持歌谱对着她,特里凯
不成腔调地唱。鼓掌、喊叫
向他致敬。而她出于礼节
不得不对歌手表示感谢;
这诗人虽伟大却不高傲,
第一个举起杯祝她健康,
并且还把歌词向她献上。

---

① 姬姬,即叶夫普拉克西亚·尼古拉耶夫娜·武尔弗(1810—1883),普希金的朋友 A·H·武尔弗的姐姐。奥西波夫家族的一位小姐,当年在三山村住,与普希金的米哈伊洛夫斯克村靠近,那时这两处每次酒筵,都由她主持。她非常会做俄国糖烧酒,普希金一首有名的小诗《假如生活欺骗了你》就是在她的纪念册上写下的。

三十四

大家也都跟着祝贺、敬礼,
达尼娅对客人感谢一番。
然而当轮到了叶甫盖尼,
这位女郎那憔悴的容颜,
还有她困窘、倦怠的神情,
不由得勾起了他的怜悯;
他对她鞠个躬,默不出声,
但是不知怎的,他的眼神
显得特别温柔。什么道理,
难道他内心真有所触动,
或逢场作戏,把风情卖弄?
是情不自禁,是出于善意?
反正他眼中流露着柔情,
它活跃了达尼娅的心灵。

三十五

听!一阵移动座椅的喧响,
人们成群地往客厅里拥,
像蜜蜂飞出甜蜜的蜡房,
闹嚷嚷乱纷纷飞向田垄。
很满意这命名日的筵席,
邻居促膝而坐,大声喘气,
太太们围绕在火炉旁边,
姑娘们在一旁低声倾谈;
桌上的绿台布已经铺开,

老人们的罗别尔①、波斯顿②
正把急切的赌客们招引。
还有那流行的威斯特牌③,
这些玩意出自一个家门,
都是贪婪和无聊的儿孙。

三十六

打威斯特牌的英雄好汉
已经玩过了整整的八局,
已八次重新把座位交换,
仆人送茶了。我喜欢根据
午餐、茶和晚餐判断早晚。
在乡下如果要知道时间,
我们不必要费多少辛劳:
肚子是我们可靠的闹表;
我想要在这儿顺便指出,
我在我写的这些诗节里,
有不少地方谈到了筵席,
谈到了各种瓶塞和食物,
神圣的荷马啊,像你一样,
你这个三千年来的偶像!

---

① 罗别尔,扑克牌的一种赌法。
② 波斯顿,扑克牌的一种赌法。
③ 威斯特,扑克牌的一种赌法。

三十七、三十八、三十九

但是上茶了,瞧那些姑娘,
斯文地把茶碟接在手里,
忽然间客厅中笛管悠扬,
穿越过房门传入了耳际。
附近市镇上的帕里斯①,他——
彼杜什科夫来邀奥尔加,
雷鸣般的音乐使他快乐,
宁肯把甜酒茶丢开不喝。
连斯基邀请了达吉雅娜;
哈尔利科娃这位老姑娘,
被唐波夫诗人抓住不放,
布雅诺夫奔向布佳可娃,
于是全都拥入大厅之中,
舞会已经开始,兴致正浓。

四十

我希望像阿尔巴尼②那样,
在我的小说的头几页内
(请你们先去读读第一章),
描写一下彼得堡的舞会;
但胡思乱想使心神不定,
我在回忆着往昔的事情,

---

① 帕里斯,荷马史诗《伊利昂纪》中拐走海伦的特洛伊王子,一位美男子。
② 阿尔巴尼(1578—1660),意大利画家,以画神话题材著名。

想起熟识的太太们的脚。
纤足啊,我不再神魂颠倒,
只顾跟踪你细巧的脚印!
我的青春已经和我告别,
我应该变得更聪明一些,
处世、写诗,都要改掉邪心,
并且在这个第五章诗里
再不写那些离题的东西。

四十一

像年轻生命形成的旋风,
华尔兹喧嚣的旋风飞转,
单调无味,仿佛是发了疯,
一对又一对闪过了眼前。
报复的时机已逐渐临近,
心中暗暗地一笑,奥涅金,
走向了奥尔加,而且马上
和她飞舞在客人们身旁,
舞罢又带她去桌边坐下。
跟她谈这个,跟她谈那个;
几分钟的时间匆匆混过,
继续跳华尔兹,还是跟她,
大家很诧异。连斯基本人
也不敢相信自己的眼睛。

四十二

马祖卡的乐曲响起。从前,

当马祖卡乐曲雷鸣般响,
大厅中的一切都会发颤,
地板喀喀,像要垮掉一样
窗棂也会颤动,甚至裂开;
如今不然,也像那些太太,
我们只是在地板上轻滑。
但在小市镇或是在乡下,
马祖卡舞蹈还依然保存
它那最初流行时的风度:
蹦跳、脚跟、胡子,依然如故;
邪恶的时髦,我们的暴君,
当代俄国人的不治之灾——
也无法将这些加以更改。

四十三、四十四

布雅诺夫,我冒失的堂兄,
把奥尔加,连同达吉雅娜,
引来见我们的男主人公;
奥涅金便又带走奥尔加,
他漫不经心地一闪而去,
还弯下腰对她柔声低语,
再说几句庸俗的恭维话,
捏一捏她的小手——使得她
自尊的圆圆的小脸蛋上,
燃起鲜亮的红霞。连斯基
全看在眼中,他无法自已,
嫉妒的愤怒在心中激荡,
一等到这场马祖卡曲终,

他立即邀请她跳卡吉隆①。

四十五

她不奉陪。不能?什么道理?
原来是,奥尔加在他之前
已经答应奥涅金。啊,上帝!
他听见了什么话?她居然……
这可能吗?乳臭未干的她,
轻浮的丫头,竟水性杨花!
她已在玩弄狡猾的手段,
她已学会了变心和背叛!
连斯基受不了这种打击;
他一边诅咒女人的奸诈,
一边出门去,要来他的马,
纵身疾驰而去。子弹两粒,
手枪一对——不需再多费劲——
就立刻能决定他的命运。

---

① 卡吉隆,一种八人两两对跳的法国舞。

第六章①

La, Sotto i giorni nubilosi e brevi, Nasce una gente a cui l'morir non dole.

——Petr.②

一

他发现连斯基已经退场，
奥涅金又感到烦闷不已，
在奥尔加身边暗自思量，
对自己的报复很是得意。
奥莲卡接着也打起呵欠，
她在找连斯基，睁大着眼，
这场没完没了的卡吉隆
让她苦恼，像是一场沉梦。
终于结束了。都去进晚餐。
床铺已为客人准备停当，
安排客人们过夜的地方，

---

① 本章 1826 年在米哈伊洛夫斯克村写完。准确的日期不详，因为这一章的手稿没有保存下来。在最初的末节（即现在的第四十五节）之后注有 1827 年 8 月 10 日的日期。这一节显然是在全章结束之后很久补写的。后来大约过了一段时期，又写了两节补上去，在最后定稿时，作者又把这两节并为一节，并把它们原样抄在注释里。这一章 1828 年 3 月 23 日在彼得堡出版，章末注明："第一部完。"
② 意大利语：在那岁月阴暗而短促的地方，生长着一个不以死为苦的种族。——彼特拉克。题词取自彼特拉克的情诗《贾珂摩·珂隆纳》的第一节。

从走廊直到女仆的门前。
一场安睡大家都很需要,
只有奥涅金回家去睡觉。

二

全都安静下来:客厅里边,
鼾声大作的普斯佳可夫,
由他那肥壮的夫人陪伴。
"钉子"、"公鸡",还有那位"暴徒",
福里亚诺夫——他不太健康,——
在餐厅睡下,拿椅子当床,
特里凯先生地板上睡觉,
穿件绒线衫,戴顶旧睡帽。
姑娘们都已在达吉雅娜
和奥尔加的闺房里入眠。
独自一人郁郁伫立窗前,
正沐浴着狄安娜的光华,
达吉雅娜她并没有安歇,
她在凝望着漆黑的田野。

三

他目光中刹那间的柔情,
他这次突如其来的造访,
他对奥尔加的奇特行径,
都深深印在她的心坎上;
怎样也难理解他这个人,
嫉妒的痛苦搅乱她的心,

仿佛有一只冰冷的大手
紧紧地压抑在她的心头，
仿佛她脚下是万丈深渊，
黑沉沉不见底，水声喧嚣……
"我要毁掉了，"达尼娅说道，
"但为他毁掉也心甘情愿。
我不抱怨：何必怨天尤人？
把幸福给予我，他，不可能。"

四

我的故事啊，讲吧，往下讲！
一位新人物向我们召唤。
离开连斯基所住的地方——
红山头村，大约五里路远，
在那富于哲理的荒野里，
有一位健康的扎列茨基，
他曾是个不安分的暴徒，
赌棍党羽中的一个头目，
酒店的喉舌，浪子的领袖，
而如今是既朴实、又善良，
是整个家族的独身家长，
和气的地主，可靠的朋友，
甚至还是个忠厚老实人，
我们的时代这样在改进！

五

往常社交界阿谀的声音

大肆赞扬他浑身的蛮勇，
的确，他用手枪瞄准红心，
即使隔五沙绳①也能命中，
曾经有一回，和敌人作战，
他兴高采烈得非同一般，
从卡尔梅克战马的背上，
勇敢地一跤跌进了泥塘，
又喝得酩酊大醉，便只好
俯首就擒：高贵的抵押品！
当代的拉古尔②，荣誉之神，
他甘愿再次置身于镣铐，
好每天清早去维拉酒店，[37]
喝上三大瓶，不必掏现钱。

六

他喜欢耍弄人来寻开心，
他善于欺骗那些傻瓜蛋，
也会巧妙地捉弄聪明人，
或是暗地里，或明目张胆，
虽然有时候他耍弄别人，
也不免受到别人的教训，
虽然有时自己难免上当，
表现得真像个蠢货一样。

---

① 沙绳：俄丈，相当于 2.134 米。
② 拉古尔(？—约前 250)，古罗马将领。为了争夺地中海的霸权，罗马和迦太基屡次交战，拉古尔某次战败被俘。他保证不私自逃跑，后来迦太基派他出使罗马，事情办完后他仍重新回迦太基去作俘虏。

他善于兴致勃勃地论评，
应答又是愚笨，又是灵巧，
有时他精明地和人争吵，
有时又精明地守口如瓶，
他会去挑拨年轻的朋友，
唆使他们相互进行决斗。

七

或者又设法使他们和解，
以便三人共享一顿早餐，
事后又背地里造谣污蔑，
把他们当笑料糟蹋一番。
Sed alia tempora!① 他的豪勇
（一种恶作剧——爱情的美梦）
随活泼的青春一同消逝。
如前所述，我的扎列茨基，
躲进野樱桃、洋槐的阴凉，
终于把人世的风险摆脱，
过着真正的圣贤的生活，
像古罗马的贺拉斯那样，
种点儿白菜，养养鸭和鹅，
给孩子们教几堂启蒙课。

八

他不愚蠢，我的叶甫盖尼

---

① 拉丁语：然而韶华易逝！

对他的鬼心思虽无好感，
却喜欢他的见解的精辟、
和他对事物的明智判断。
平时也总是高兴见到他，
因此今天并不感到惊讶，
当他发现这人已经来到，
虽然这还是一个大清早。
彼此问过好，刚开始谈话，
这位先生便不再往下讲，
两眼含笑对奥涅金望望，
把诗人的信件交给了他。
奥涅金接过信走到窗前，
他默默无声地读了一遍。

九

这是封战书，也叫做战表，
和气、高贵和简短的请求，
措词冰冷、明确，很有礼貌，
连斯基邀他的朋友决斗。
奥涅金一点也没有犹豫，
向着这位使者转过身去，
回答得既简短而又干脆，
他说，他随时准备着奉陪。
扎列茨基听罢，立即起立，
他也不打算在这里久坐，
家里要办的事还有很多，
他马上走了；但叶甫盖尼
将自己的心灵审视一番，

他对他自己非常地不满。

十

自作自受！暗暗审判自己，
进行了十分严格的反省，
他认为自己很没有道理：
首先，对羞怯、温柔的爱情
他昨夜戏弄得那样轻率，
这一点已经是很不应该；
其次，就算诗人做得不对，
但是他才只有十八周岁，
可以原谅。叶甫盖尼既然
衷心地欢喜这个年轻人，
就不该像这样好斗成性，
不该像冒失的孩子一般，
不该给偏见当一个玩物，
应该做个磊落的大丈夫。

十一

他本来可以表露出真情，
不必毛发耸立，像只野兽；
他本该使这年轻的心灵
解除武装。"然而，到这时候
一切都晚了；时光飞逝不已……
再说——他想着——在这件事里
插进个老练的决斗专家，
他恶毒，善造谣，爱说废话……

当然,他只是为博人一哂,
本可以用轻蔑给予回报,
但那些蠢货的嘀咕、哄笑……"
这就是所谓的社会舆论![38]
荣誉的动力,我们的偶像,
整个世界转在这根轴上!

十二

难忍的仇恨在心头沸腾,
诗人在家中等待着回答,
恰在这时那饶舌的邻人
带来了郑重的回信给他。
嫉妒的人这时多么高兴!
他一直担心,害怕这恶棍
又来随意开上一个玩笑。
再想出另外的一套花招,
便从枪口下躲开了胸膛。
如今这种顾虑已经打消;
他们二人将在明天清早,
黎明之前,去那磨房近旁,
扳起枪机,彼此怒目相对,
瞄准对方额头或是大腿。

十三

愤怒的连斯基本来不想
决斗之前和奥尔加见面,
他憎恨这个轻薄的姑娘,

然而看看太阳,看看钟点,
他终于还是两只手一摆——
又向女邻居的家里走来。
他想来窘一窘这奥莲卡,
以为她会因此感到惊讶;
而事实不然:和往常一样,
看见可怜的歌手,奥莲卡
便蹦出门廊台阶迎接他,
她像个飘忽不定的希望,
活泼,愉快,似乎没那回事,
她毫无变化,还是老样子。

十四

"干吗昨晚很早就不见了?"
这是奥莲卡第一个问题。
连斯基的心绪完全乱了,
他只能默默无言把头低。
面对这温柔含情的单纯,
面对这生动活泼的灵魂,
面对这晶莹明亮的目光,
嫉妒和不满已不知去向!……
在绵绵柔情中向她凝望,
他看出:他仍是她的情人;
他感到一阵痛苦的悔恨,
他已准备请求她的原谅,
他颤栗,不知怎样把口开,
他幸福,他几乎无病无灾……

十五、十六、十七

他重新陷入沉思和郁悒,
在他可爱的奥尔加面前,
连斯基感觉到懦弱无力,
简直不敢对她提到昨天;
他暗想:"我要做救她的人。
不能容忍这淫乱的恶棍
用他叹息和奉承的烈火
来把她年轻的心灵诱惑;
这只虫豸,它恶毒而卑劣,
不能让他碰百合的嫩芽,
不能让这朵刚开的小花
还不曾怒放,但枯萎凋谢。"
所有这些都意味着,朋友,
我决定和我的知己决斗。

十八

假如他知道,怎样的创伤
正灼烧达吉雅娜的心灵!
假如达吉雅娜这个姑娘
有可能晓得了这件事情,
连斯基和叶甫盖尼明晨
将要争夺那坟墓的大门;
啊,也许她可以凭她的爱
把两位朋友再联接起来!
然而不巧,他俩这场激情

至今不曾被任何人识破。
奥涅金什么话也没说过,
达吉雅娜也只暗中伤心;
只有奶妈她有可能知道,
而她却是那么笨头笨脑。

十九

连斯基一晚上心神不宁,
他时而沉默,时而又快乐;
但是,迷醉于缪斯的人们
都一向如此;他两眉紧锁,
坐下来弹了一会儿钢琴,
总是弹奏出同一组和音;
他凝视奥尔加,全神贯注,
低声说:难道不是?我幸福。
然而该回家了,天色已晚。
他的心紧压着,充满悲切,
当他向年轻的姑娘告别,
这颗心真像要裂成碎片。
她全神凝视着他的面庞:
"怎么啦?""没啥。"他踏上门廊。

二十

回到自己家里,他把手枪
从盒中取出检查了一遍,
又放回盒中,再脱掉衣裳,
打开席勒诗集,把灯点燃;

但一种思想盘踞在心里，
他的忧伤的心不能安息；
他看见面前站着奥尔加，
她的美无法用言词表达。
弗拉基米尔又合上书本，
拿起了一支笔，他的诗句
满载着爱情的胡言乱语
铿锵地倾流，他高声畅吟，
胸中燃烧起抒情的烈火，
如同吃醉酒的杰尔维格。

二十一

这首诗意外地保存下来，
我存有这首诗，这儿便是：
"你远远逝去了，而今何在，
我的春天的金色的日子？
明天啊，为我准备下什么？
我的眼徒劳地将它捕捉，
它在茫茫的黑暗中消隐。
不必了，命运的法则公正。
我被射中一支利箭倒毙，
或是这箭只掠过我身边，
都同样好：无论是醒是眠，
那注定的时辰不可逃避；
也是幸福啊，白昼的烦扰，
也是幸福啊，当黑夜来到！

二十二

"清晨,当旭日的朝晖显露,
晴朗的白昼在开始闪亮;
而我——也许,已经进入坟墓,
进入了一片神秘的阴凉,
缓缓的勒忒河将会吞噬
人们对年轻诗人的记忆,
世界会忘掉我,但你可会,
美丽的姑娘,把几滴清泪
洒在我的夭折的尸骨上,
并且想到:他曾经爱过我,
他曾经对我一人奉献过
他动荡生涯的惨淡曙光!……
亲爱的朋友,心灵的知己,
来吧,来吧,让我陪伴着你!"

二十三

他写得这样地萎靡、晦涩①,
(我们把这叫做浪漫主义,
虽然这里我没找见什么
浪漫主义;这有什么关系?)
终于在那朝霞露面之前,
写到"理想"这时髦的字眼,
困倦的头便不由地低垂,

---

① 这里普希金在暗讽丘赫尔别凯对哀歌的评论。

连斯基静静地昏沉入睡；
但是当他刚刚踏进梦里，
梦的魅力正在使他遗忘，
邻人已走进寂静的卧房，
他大声地喊醒了连斯基：
"您该起床了：已经到七点。
奥涅金一定早等在那边。"

二十四

然而他弄错了，叶甫盖尼
这时还在深沉的睡梦中。
夜的暗影已经逐渐隐迹，
雄鸡和启明星已经相逢，
奥涅金依然是沉睡不起。
太阳已高高地挂在天际，
一阵阵的风雪飘忽而过，
正在空中飞旋，闪闪烁烁；
叶甫盖尼还高卧在床上，
梦神还飞舞在他的头顶。
终于忽然间他一梦初醒，
伸手拉开了两旁的床帐，
一瞧——他才知道，天色不早，
出发的时刻早已经来到。

二十五

他连忙打铃把佣人召唤。
法国佣人吉罗跑进屋里，

给他递过他的便鞋、长衫，
又给他送上了一件衬衣。
匆匆地穿起衣服，奥涅金
吩咐仆人也准备好动身，
随同他一起乘雪橇前往，
带上了装在盒里的手枪。
已经备好了快速的雪橇。
他坐上去，便向水磨飞奔
到达那地方。他命令仆人
把他的凶器列帕萨[39]拿好
跟在他身后，将驾橇的马
牵往地头的两棵橡树下。

二十六

连斯基侧身靠在堤坝上，
早已经等候得很不耐烦；
这时我们的乡下机器匠——
扎列茨基正在端详磨盘。
奥涅金走过来表示歉意。
"可是老兄的证人在哪里？"——
扎列茨基问道，他很奇怪，
这位决斗的学究，古典派，
他讲求方式是出于情感。
他可以允许你把人杀死——
但却不允许你草率从事。
要遵守艺术的严格条款，
和全部古老的传统做法。
（凭这点我们就该赞扬他。）

二十七

"我的证人吗?"叶甫盖尼讲,
"是他,我的朋友 monsieur Guillot①,
我提议请他来陪我出场,
我想您不反对我这样做,
他虽然没有高贵的身份,
不过却是个正直的好人。"
扎列茨基只咬了咬嘴皮。
奥涅金转过身问连斯基:
"怎么样,开始吧?""开始吧,好!"
弗拉基米尔回答道。于是
两人向磨房后走去。这时,
扎列茨基正和好人一道
在远处进行重要的谈判,
仇人们站着,低垂着眼睑。

二十八

仇人! 才隔几天,血的渴望
竟使他们两人互相背叛?
曾几何时? 他们交谈思想、
事业,共度闲暇,共进晚餐,
他们曾经是一对好朋友,
现在竟好像世代的冤仇,
仿佛一场恐怖难解的梦,

---

① 法语:古罗先生。

他们彼此在不声不响中
冷酷地为对方准备着死……
他们本该笑笑,和和气气,
趁手上还没有沾染血迹,
大家各自东西,分手了事?……
真奇怪,上流人彼此反目
只为怕遭受虚假的羞辱。

二十九

瞧吧,手枪已经闪闪发光。
锤头在敲通条,响声铿铿。
子弹已装进磨光的枪膛,
枪机发出第一次咔嚓声。
瞧,水流似的淡灰色火药
洒进了枪膛一旁的药槽。
齿状的打火石已经拧紧,
翘在枪上。吉罗心神不宁,
在附近树桩后兀立不动。
扎列茨基以出色的精密,
丈量出三十二步的距离,
仇人们扔下自己的斗篷,
他把他们分别引向一方,
两位朋友各自拿起了枪。

三十

"现在开始前进。"两个仇人
尚未举枪瞄准,神色冷酷、

步履坚定,沉静而又平稳,
各自走过了最初的四步,
是四级通向死亡的阶梯。
恰在这个时候,叶甫盖尼,
一边在不停地走向前方,
一边静静地先举起了枪。
他们又走过了五步路程,
于是连斯基,眯起了左眼,
瞄准——奥涅金在这一瞬间
开枪……敲响了宿命的钟声:
诗人松开了他手中的枪,
什么也没讲,枪落在地上。

三十一

他用手轻轻地捂住胸部,
便倒下了,他朦胧的目光
描绘的是死亡,不是痛苦。
仿佛是,沿着倾斜的山冈,
雪球在缓缓地向下滚落,
太阳照耀着它,银光闪烁。
奥涅金感觉到浑身发冷,
连忙奔向这年轻的诗人,
看着他,呼唤他……毫无办法:
他已经死去。年轻的歌手
过早地走到生命的尽头!
狂风陡起,一朵美丽的花
竟在清晨的朝霞中凋谢,
一盏神坛明灯从此熄灭!……

三十二

他一动不动地躺着,额头
显出奇异的倦怠的平静。
子弹正好打穿他的胸口,
鲜血冒着热气涌流不停。
仅仅只是在一刹那之前,
这颗心里还跳动着灵感,
跳动着仇恨、希望和爱情,
生命在闪耀,血液在沸腾;
而今,像座空荡荡的房屋,
里面的一切都幽暗、寂静,
这颗心从此便沉默无声。
心房的百叶窗已经关住,
玻璃涂了粉。没有了主人。
去哪了?不知道,杳无音信。

三十三

开心的是,写首挑衅短诗
逗粗心的仇人,激他生气;
开心的是,见他尽管固执,
也会把好斗的犄角垂低,
忍不住往镜子里照一阵,
这就是自己?还耻于承认;
更开心的是,朋友们,如果
他愚蠢地咆哮:这就是我!
尤其开心的事还有一件:

把光荣的棺材为他备好,
偷偷瞄准他苍白的鬓角,
在一段高尚的距离之间;
但送别人泉下去见先人,
这种事未必会让您开心。

三十四

您怎样想呢,如果您的枪
将您的年轻的朋友打死,
只因为傲慢的回答、目光,
或是为一件无聊的小事,
他在酒后失言惹您生气,
或者是,甚至就是他自己
一时激愤,傲然向您挑战?
请告诉我:怎样一种情感
将会来占据着您的心灵,
当他一动不动躺在地上,
躺在您面前,面带着死相,
身体在渐渐地变得僵冷,
您对他怎样绝望地叫喊,
他都不会听见,沉默无言?

三十五

叶甫盖尼眼望着连斯基,
一只手把手枪握得很紧,
陷入内心负疚的痛苦里。
"喂,怎么,打死了。"——邻居断定。

打死了!……这声恐怖的惊叹
使他丧魂落魄、心惊胆颤,
他立刻走开去呼喊别人;
扎列茨基把发冷的尸身
小心翼翼地放进了雪橇,
这可怕的宝物必须运回。
马儿嗅到了死尸的气味,
喷响鼻,挣扎着乱蹦乱跳。
白色的唾沫把马勒浸湿,
马儿箭一般地向前飞驰。

三十六

我的朋友,你们哀怜诗人,
他心中充满欢乐的希望,
却未能为世人实现它们,
刚刚脱下孩提时的衣裳,
便枯萎了!他灼热的激情,
和他心头的高贵的憧憬,
年轻、崇高、温柔、大胆无比,
这思想、情感,如今在哪里?
哪是他风暴般爱的欲望、
他对劳动和知识的渴慕、
他对羞耻和罪恶的恐怖!
还有你们啊,珍贵的想象,
和你们,天堂生活的幻影,
和你们,神圣的诗的梦境!

三十七

他生来或许为造福人间,
或只为猎取自己的美名;
他的竖琴该铿锵几千年,
如今这竖琴已哑然失声。
他在社会的阶梯上,或许,
本应该占有高高的一级。
或许,魂灵饱尝痛苦以后,
将神圣的秘密随身带走,
因此,他鼓舞人心的声息
对于我们早已杳无踪影,
千秋万代歌颂他的声音,
各族人对他的赞扬、感激,
隔一层渺茫的坟墓界线,
永远不能传到他的耳边。

三十八、三十九

或者,也许有可能是如此:
平凡的命运在等待诗人。
青春的年华会匆匆飞逝,
心灵的火焰会变得冰冷。
他可能会发生许多变化,
和缪斯分了手,娶妻成家,
他很幸福,戴上一顶绿帽,
住在乡下,穿着一件棉袍;
他实实在在了解了人生,

四十岁上,他得了关节炎,
吃喝、发胖、衰弱再加心烦,
到头来他还会安安静静
寿终正寝,身边一群子息,
几个哭丧婆和几位庸医。

四十

但是这一切全都是空谈,
唉!读者啊,沉思的幻想家,
这位诗人和多情的少年,
已经死在他朋友的手下!
村子左边添了一座新坟,
住着这位灵感养大的人,
近旁两株青松根须交错,
树下几条溪水蜿蜒流过,
水的源头在邻近峡谷间。
庄稼人爱来这休息一阵,
来这里取水的割草女人
把清脆的瓦罐浸入清泉;
那儿,浓阴深处,临着溪水,
有一块平平常常的墓碑。

四十一

一个牧人(每当绵绵春雨
滴进了长满禾苗的田野)
唱着伏尔加船夫的歌曲,
在墓前编结他的树皮鞋;

有一位城里的年轻女士，
来到乡间消度她的夏日，
当她独自一人骑马出游，
穿过这田野疾驰的时候，
她会勒住马，停在墓碑前，
拉紧她手中皮制的马缰，
顺手将面纱撩向了一旁，
对朴素的碑文扫上一眼——
这时她一双柔情的眼睛
会被泪水浸得迷蒙不清。

四十二

她缓辔离去，走在那旷原，
沉浸于一片幻想的虚境；
对连斯基的命运的矜怜
不禁长久占据她的心灵，
她想着："奥尔加后来怎样？
她的心是否会长久悲伤？
或者眼泪很快便会止住？
她的姐姐如今又在何处？
那逃避人群和社会的人，
时髦美人们的时髦仇敌，
阴郁的怪家伙，又在哪里？
这杀人凶手在何处藏身？"
我将会把一切详详细细、
毫无遗漏地全交待给你。

四十三

但不是现在。对男主人公,
我的热爱当然出于真诚,
虽然我无疑要和他重逢,
不过此刻没有这份心情。
岁月已趋向严肃的散文,
岁月已厌弃戏谑的诗韵,
而我——我承认,也有些惋惜——
更懒于去追求诗情画意。
我的笔也已经不像早先,
已不想飞速地涂抹纸张;
另一些幻想,冷静的幻想,
另一些忧患,严峻的忧患,
在尘世的喧嚣和寂静中
不断惊扰着我心灵的梦。

四十四

领略到其他心愿的声息,
我也领略到了新的忧愁;
对新的心愿,我毫无希冀,
而旧的忧愁却令我勾留。
幻想啊!何处是你的甘甜
和永远与它押韵的华年[①]?

---

① 华年,指青春。俄语"青春"是 Моладость,"甘甜"是 сладость,二字在诗中常互相为韵,所以这里说"青春"与"永远甘甜"押韵。

难道华年的花冠到头来
当真是早已经衰败,衰败?
难道我美好的青春时光,
不曾有一丝哀歌的奇趣,
便真正、确实地飞逝而去
(像我开玩笑所说的那样)?
难道它真是一去不复回?
难道我真是快到三十岁?

四十五

就这样,我的中午已到来,
我知道此事我必须承认。
好吧,让咱俩友好地分开,
青春啊,我的飘忽的青春!
我感谢你,为了那些享乐,
那些哀伤和甜蜜的折磨,
那些喧哗、风暴以及筵席,
为一切、一切给我的赠礼,
感谢你。无论我心情安宁
或是纷乱,你曾给我快乐……
你曾让我充分地享受过;
够了!我怀着明朗的心情,
要向一条新的道路走去,
抛开旧的生活,休息休息。

四十六

我回首一顾。再见吧,浓阴,

我的岁月流逝在荒野中，
充满懒散的日子和激情，
也充满沉郁的心灵的梦。
然而，你，我的年轻的灵感，
要把我的想象激为波澜。
要活跃昏沉欲睡的心怀，
要经常地向我这儿飞来，
我求你，不要让诗人的心，
变得冷酷、无情，甚至僵死，
到头来竟化作一块顽石，
人们寻欢作乐、麻木不仁，
堕落的深渊本是无底洞，
朋友啊，你我都浮游其中！[40]

第七章①

莫斯科,俄罗斯宠爱的女儿,上哪儿去找个比得上你的城?

——德米特里耶夫

怎能不爱亲爱的莫斯科?

——巴拉丁斯基

说莫斯科不好!就是说你见识广!
哪儿更好呢?
没有我们的地方。

——格里鲍耶多夫

一

春天的阳光从邻近山头
开始把积雪往山下驱赶,
雪水汇聚成混浊的溪流
注入那已被淹没的草原。
大自然面带明丽的笑容
迎接一年之晨,睡眼惺忪,

---

① 第六章结束后普希金便开始写第七章,时断时续,1828年11月4日在马林尼卡写完。1830年3月18日出单行本,题词引自伊·伊·德米特里耶夫的诗《莫斯科的解放》(1795)和叶·阿·巴拉丁斯基的《酒宴》(1820)。第三个题词引自著名的喜剧《智慧的痛苦》。

天空泛出蔚蓝,闪烁光芒。
树林中依然是稀疏透亮,
已现出毛茸茸一片绿意。
蜡质的蜂房里飞出蜜蜂,
飞去征收那田野的贡奉。
山谷雪水退尽,斑驳绚丽;
牲畜在田野上阵阵叫嚷,
夜莺在夜静时纵情歌唱。

二

你的来临勾起多少忧怨,
春天啊,春天,恋爱的季节!
是怎样一种慵倦的波澜
侵入我的心田、我的血液!
我在乡村的寂静怀抱中,
心头的情思却十分沉重,
我尽情领略荡漾的春光,
习习春风吹在我的脸上!
或许这一切我无缘享受,
令人愉快和振奋的一切,
光辉灿烂的欢腾的一切,
来到我早已死去的心头,
只徒然勾起痛苦和厌倦,
我的心对一切感到黯淡?

三

或许,我们并不怎样高兴

去秋的落叶今朝又重返，
一听到树林中新的喧声，
便想它们逝去时的心酸；
或许是，出于心头的惶惑，
面对大自然的生气勃勃，
不禁会联想到年华衰残，
青春逝去，永远不再回还？
可能，透过诗一般的梦境，
心中浮起对往事的思念，
想起另一个逝去的春天，
出于对遥远他乡的憧憬，
梦想奇妙的夜，月色悠悠，
心头便涌起了一阵颤抖……

四

这正是时候，善良的懒汉，
无忧无虑的有福气的人，
你们，伊壁鸠鲁①式的圣贤，
你们，莱夫辛学派的徒孙，[41]
你们，乡村的一班普利姆②，
还有你们，忒多情的贵妇，
春天召唤你们到农村来，
这劳动季节正春暖花开，

---

① 伊壁鸠鲁（前341—前270），古罗马哲学家。西方哲学史家过去有一种流行的看法，说伊壁鸠鲁是"感觉主义者"和"享乐主义者"，普希金这里便是借用这种当时通行的观念，用"伊壁鸠鲁式的贤者"来称呼那些喜欢游玩的人们。
② 普利姆，荷马史诗《伊利亚特》中特洛伊的国王，帕里斯的父亲。这里指俄国的外省地主老爷们，他们在自己的领地上也是俨若君王。

是乘着令人销魂的夜色
聚众游乐欢宴的好时间。
到田野去,朋友!切莫迟延,
快驾上你们满载的轿车,
套上自家或是驿站的马,
悠悠然驰出城镇的关卡。

五

还有您,高雅的读者先生,
请坐上国外定购的车辆,
离开这座骚乱不宁的城——
您冬季寻欢作乐的地方;
和我的任性的缪斯一道,
去乡下听听树林的喧闹,
那儿有一条无名的小溪,
溪边村里,我的叶甫盖尼,
阴郁的隐士,他懒懒散散,
不久前和年轻的达尼娅,
我那位可爱的女幻想家,
结邻而居,过了一个冬天;
而今他已不知去了哪里……
那儿他留下忧伤的痕迹。

六

在那半圆形的群山之中,
我们且走向那条小溪旁,
它蜿蜒地穿过菩提树丛

流向大河,流经绿色牧场。
在那儿,夜莺,春天的情郎,
整夜歌唱,野蔷薇在怒放,
听得见清泉的细语淙淙——
那儿两株老松的浓荫中,
你还可以看见一块石碑。
碑文讲诉给外来的人们:
"弗拉基米尔·连斯基的坟,
他某年某月,正当多少岁,
不幸夭折,如同勇士一般。
年轻的诗人啊,愿你安眠!"

七

在这座卑微的坟墓上方,
在松树低垂的枝丫中间,
每当吹起一阵晨风,往常,
会摇动一支隐秘的花环;
往常,每当那闲暇的傍晚,
会有两个姑娘来到坟前,
两人在坟头上,在月光里,
互相拥抱着痛哭又流涕。
而今……这墓碑已无人过问,
往常的脚印已不再看见,
再也见不到枝头的花环,
只有个白发的牧羊老人,
依旧时常来这墓前停歇,
唱着歌编织他的树皮鞋。

八、九、十

我可怜的连斯基！为了你，
她也曾憔悴，但没哭多久。
唉！你那位年轻的未婚妻，
她并不忠于自己的哀愁。
另有人打动了她的芳心，
另有人使她的痛苦平定，
用几句情场中谄媚的话，
一位骁骑兵①便俘获了她，
她也由衷地爱上骁骑兵……
于是她跟他走到神坛前，
羞答答地戴上一顶花冠，
低垂着头和他并肩站定，
两眼望着地板，目光闪闪，
盈盈的笑容挂在她唇边。

十一

我可怜的连斯基！坟墓里，
隔着冥冥的永恒的界限，
听到这负心的不幸消息，
忧郁的歌手，你可曾伤感？
或许，他在勒忒河畔沉睡，
享受着封闭的幸福滋味，
任何事都不能令他烦恼，

---

① 骁骑兵，当时俄国按照匈牙利骑兵的形式建立的一种轻骑兵。

人世早已隔绝,声息渺渺?……
如此而已!而无情的忘却
正在坟墓中等候着我们,
仇敌、朋友和情人的声音
都将在顷刻间沉寂、消灭,
继承人争夺遗产的吵嚷
将谱成一曲激昂的合唱。

十二

不久之后,在拉林的家里,
再无奥尔加清脆的话音,
这位骁骑兵乃身不由己,
不得不带上她返回军营。
老太太因为和女儿分手,
伤心得禁不住老泪横流,
那神气已经是奄奄一息,
然而达尼娅却无力哭泣,
只有一种死一般的苍白
笼罩着她那张愁苦的脸。
全家人都出来围在车前,
大家挤作一团,立在门外,
挥手送别这一对年轻人,
达吉雅娜她也前来送行。

十三

宛如透过迷雾,伫立凝神,
她目送着他们渐行渐远……

只剩下达吉雅娜一个人!
唉,走了,她这些年的同伴,
她的小鸽子呀,她的知心,
她年轻的妹妹,她的亲人,
已被命运带往他乡异地,
她和她将从此永远别离。
她像幽灵似的信步漫游,
偶尔向荒凉的花园望望……
一切都不能够令她欢畅,
她尽力忍住泪不往外流,
胸中的郁闷啊,无法排遣——
痛苦的心像要裂成两半。

十四

在那残酷无情的孤独里,
激情猛烈地灼烧她的心,
她的心大声地向她提起
那个远在天边的奥涅金。
她和他将永远不会再见,
他是杀死她妹夫的凶犯,
她本来应该要对他憎恨,
诗人死了……竟然没一个人
再记起他,情人见异思迁
也嫁给了另外一个男子,
对诗人的怀念已经飞逝,
仿佛蓝天中的一缕轻烟;
或许悲伤的心还有两颗……
但是悲伤啊,又为了什么?……

十五

一天傍晚,天色渐渐昏暗,
甲虫鸣叫,小溪静静流过。
跳圆舞的人群已经走散,
河对岸燃起了点点渔火,
火堆烟气腾腾。在旷野上
达尼娅踏着银色的月光,
一心沉浸于自己的幻想,
独自一个人长久地游荡。
走啊走,突然在她的眼前,
呈现出一幢地主的房屋,
一座村落,山下一丛小树,
明亮的河边是一座花园。
她望了一眼——于是她的心
便立刻跳动得更急更紧。

十六

她迟疑不决,不知怎样做:
"往前走呢,还是就往回转?……
他不在这儿,没人认识我……
我要看看房子看看花园。"
达吉雅娜便走下了山冈,
她呼吸急促;而她的目光
充满疑虑,四处扫过一遍……
然后走进了荒凉的庭院,
一群狗嚎叫着向她猛扑。

她的那一声骇怕的惊叫,
让仆人家的孩子们听到,
他们闹哄哄从屋里奔出,
连踢带打地把狗儿赶开,
他们便把小姐保护起来。

十七

"我能看一眼老爷的家吗?"——
达尼娅问。于是这群孩子
急忙跑去找到安妮西娅,
向她去讨开房门的钥匙,
安妮西娅马上走了出来,
房门便在她们面前敞开,
走进空空的房屋,不久前,
我们主人公就住在里面。
她四下张望,只见大厅上
一根球棍丢在台球案边,
沙发上还放着一条马鞭。
达尼娅往前走,边走边望;
"这是壁炉,"老婆婆对她说,
"老爷经常独自在这静坐。"

十八

"这是连斯基,我们的邻居,
冬天里陪他吃饭的地方。
请您过来,跟我往这边去,
这儿是我们老爷的书房;

他在这喝咖啡,在这睡觉,
在这里听取管家的报告,
每天早晨他在这里读书……
老太爷在世也在这里住;
记得那时他每逢礼拜天,
总是戴上眼镜,坐在窗下,
叫我陪他玩一阵'捉傻瓜'①。
愿上帝保佑他灵魂平安,
愿在大地母亲的怀抱里,
坟墓中的遗骨得到安息!"

十九

达吉雅娜心怀无限情意,
将周围的一切全都看遍;
她觉得一切都珍贵无比,
不管是桌上熄灭的灯盏,
还是那堆书,那窗下的床,
一条毛毯还盖在那床上,
还有那个交叉着两只手、
头戴三角帽子、双眉紧皱、
放在桌上的铁铸的人像②,
墙上的画像是拜伦勋爵,
窗外那苍茫的朦胧的月,
这室内幽暗、昏沉的微光,
这使她的心灵恢复生机,

---

① 捉傻瓜,一种扑克牌游戏。
② 人像,当时流行的拿破仑半身塑像。

感到半是痛苦,半是欢喜。

二十

在时髦的房室里,达尼娅
仿佛是入了迷,如痴如醉,
天色已经不早,冷风飒飒。
峡谷里早已是一片漆黑,
丛林熟睡在迷雾的河边,
月亮躲藏到山巅的后面;
你该走了,年轻的女游客,
早就到了该回家的时刻。
于是,把激情隐藏在心头,
不由得长长地叹息一声,
达吉雅娜这才踏上归程。
但却又事先向人家请求,
让她再来看望这所空屋,
让她一个人来这里读书。

二十一

达吉雅娜跨出他家大门,
和女管家告别。过了一天,
天色刚刚放亮,她又重新
在这无人的房屋里出现。
这时候书房中寂静无声,
她暂时把一切全忘干净,
终于,这时候只有她自己,
于是她长久、长久地哭泣。

哭过了一阵,她开始翻书。
起初只是随便看看,后来,
她对书的选择感到奇怪,
达吉雅娜便用心地细读,
她贪婪地读着,一页一页,
眼前展现出另一个世界。

二十二

虽然我们知道叶甫盖尼
早已把书本远远地抛开,
但还有些书,虽寥寥无几,
却仍然在受到他的青睐;
《异教徒》、《唐璜》他仍然喜欢,
另外还中意两三部长篇,
这些作品反映出了时代,
将当代人如实刻画出来,
他们那卑鄙龌龊的灵魂,
他们那自私自利的冷酷,
他们对幻想无限的追逐,
他们虽然有愤世的精神,
到头来却只是空忙一场,
这一切都写得跃然纸上。

二十三

在许多书页上仍能看见
手指甲留下的明显印记,
细心的姑娘的一双慧眼

对它们更是非常地留意。
达吉雅娜看着,心情激荡,
她看出是哪些见解、思想,
时常触动奥涅金的心灵,
他默许的是些什么事情。
她发现,在书页上的空白,
他用铅笔留下许多痕迹。
奥涅金的心在这些书里,
不知不觉处处流露出来,
有时打个叉,有时写个字,
为表示疑问,画个小钩子。

二十四

于是渐渐地,我的达尼娅,
开始对那人了解得更深,
——谢天谢地——她正在了解他,
了解那她为之叹息的人,
这是命中注定,无法逃避:
他是个怪人,危险而阴抑,
创造他的是地狱?是天堂?
他是天使?是傲慢的魔王?
他到底是什么?依样仿造?
一篇异邦奇谈的说明文?
还是个不值一顾的幻影?
是俄国人穿哈罗德外套?
是堆满时髦语句的辞典?……
还是本滑稽书,戏语连篇?

二十五

难道那个答案已经找到?
难道说她的谜已经解开?
时钟不停在走,她已忘掉
家里人早就在等她回来,
那儿两位邻居聚在一起,
他们正在拿她当作话题。
"怎么办?达尼娅已经不小。"
老太太叹息着,这样说道:
"要知道,奥莲卡比她年轻。
安顿这姑娘,说句老实话,
是时候了,拿她有啥办法?
不管哪一个,她都回一声:
我不嫁。可她又老在发愁,
老是一人在林子里转悠。"

二十六

"不是在恋爱吧?"——"爱上了谁?
布雅诺夫求过婚的,不行。
伊凡·彼杜什科夫——事也吹。
住我家的骠骑兵①斐合金,
为达尼娅简直神魂颠倒,
小殷勤就不知献过多少,
我捉摸这下子兴许能成;

---

① 骠骑兵,当时俄国一种穿匈牙利式制服的轻骑兵。

哪儿呀!事情可又是不行。"——
"大娘,怎么啦?去莫斯科哪,
莫斯科是未婚妻的集市,
那儿,听说,有的是空位子。"——
"咦,老爹!我家进项不多呀。"——
"可总还够度过一个冬天,
要不我就借给您一点钱。"

二十七

老太太的心中非常欢喜
这个聪明的善意的意见,
她一盘算——马上拿定主意:
去莫斯科;就在今年冬天,
达尼娅也听到这个消息。
要去那挑剔的社交界里,
让那里的人去妄加评议
她显眼的外地人的乡气,
还有自己不时髦的衣裳、
自己不时髦的言谈话音;
那些花花公子、喀耳刻①们
会向她投来嘲笑的眼光……
啊,可怕,留在这林中荒村,
她觉得更舒畅,也更安心。

---

① 喀耳刻,希腊神话中的女巫,太阳神赫利俄斯的女儿。这里指上流社会中的那些小姐们。本书中还有其他地方有这样的用法。

二十八

曙光初露时,她立即起床,
急急匆匆地向田野走去,
用含情的眼睛四处张望,
并且对大地亲切地低语:
"我的宁静的山谷啊,再见,
再见,你们,我熟悉的峰峦,
再见,你们,我熟悉的丛林,
再见,这天堂一般的美景,
再见,欢欣愉快的大自然,
丢下这可爱、清静的地方,
换取那耀眼的喧嚣闹嚷……
我的自由呀,跟你也再见!
我要寻求什么?奔向何处?
命运安排我怎样的前途?"

二十九

她漫游的时间越来越长。
如今一条小河,一座小山,
都会以自己美妙的风光
令达尼娅驻足,流连忘返。
她跟自己的草原和丛林,
仿佛跟多年的老朋友们,
絮语不休,生怕光阴难留,
而夏天却在急速地飞走。
金黄色的秋天已经来到,

大地面色灰暗,抖抖索索,
像盛装的牺牲等待宰割……
瞧,北风吹起了,喘息、呼啸,
追逐着天边阵阵的乌云——
冬天这巫婆已亲自驾临。

三十

她来了,无处不在,漫天飞;
挂在橡树梢上,大片大片;
她在田野四处,山冈周围,
铺展开一张起伏的地毯;
冰封的河流与两岸齐高,
蓬松的被单把一切笼罩,
严寒闪着银光。我们欢喜
冬天妈妈玩的这些把戏,
只有达吉雅娜不喜欢它。
达尼娅不出去迎接冬季,
也不去闻闻寒霜的细粒,
不把浴室屋顶的雪扫下,
用来擦脸,擦肩头和胸脯,
达尼娅害怕冬天的旅途。

三十一

出发的日期一延又再延,
新定的日子也转眼来到;
轿车已多时被丢在一边,
如今重新检查,加固补牢。

几辆普通货车运载行李——
三辆篷车装家用的东西,
锅子、椅子、各式大小衣箱,
几床褥子和成桶的果酱,
羽毛的床垫,好几笼公鸡,
还有坛坛罐罐,et cetera①,
咳,乱七八糟的,还多着哪。
仆人们在他们的小屋里,
开始告别哭泣,一片喧哗,
院子里牵来十八匹瘦马。

三十二

马匹被套上主人的雪橇,
厨子们正在准备着早餐,
车夫和女仆在互相争吵,
车辆上的行李堆积如山,
赶头马②的大胡子牵一匹
瘦骨嶙峋的马当作坐骑。
下人们成群地拥到门前,
来和主人家说一声再见。
她们上车了,尊贵的车辆
开始滑动,出了庭院驶离。
"别了,你,僻静的世外天地!
别了啊,这片安谧的地方!

---

① 拉丁语:等等。可读作"艾西特拉"。
② 按照俄国的习惯,三驾以上的马车,坐在车上的驾车人对前排役马鞭长莫及,指挥不便,于是专门有一个人骑在前排的一匹役马上来赶它们。

我能不能够再见到你们?……"
达尼娅眼泪如流水淙淙。

三十三

我们会让更广阔的地盘
受到良好的教化,那时候
(根据哲学家图表的计算,
还得要再过五百年左右),
我们的这些道路就必然
会得到不可估量的改善:
一条条的公路纵横交叉,
将整个俄罗斯联成一家;
河面上将有一座座铁桥,
像宽阔的彩虹,拦腰横跨,
开山辟路,还将会在水下,
凿出许多条艰险的隧道,
文明世界将在每个驿站
为旅客们开设一家饭店。

三十四

而现在我们的道路很糟,[42]
桥梁无人过问,任其腐烂,
驿站里到处是臭虫和跳蚤,
让你一分钟也无法安眠;
没有饭店,只有间破草房,
里面贴张菜单供你欣赏,
有名无实,虽然颇有派头,

白白地在那儿吊你胃口,
同时乡下的塞克洛普①们
燃起一炉悠悠然的火苗,
用俄罗斯的锤头来治疗
你的灵巧的欧罗巴产品②,
他们一边干活,一边感谢
祖国大地的水沟和车辙。

三十五

不过冬天虽是非常寒冷,
旅行倒还算轻松而欢愉,
冬天的路面是又光又平,
好像时髦歌曲中的诗句。
我们的欧妥米东③很勇敢,
我们的三驾车不知疲倦,
路标栅栏似的闪现不停,[43]
愉悦你无所事事的眼睛。
不幸拉林娜她造成拖延,
租用驿站马怕开销太大,
宁愿用自家瘦弱的老马,
因此整整走了七夜七天,
就这样,我们的姑娘只好
饱尝一顿旅途中的无聊。

---

① 塞克洛普,希腊神话中的独眼巨人,铁匠,曾为宙斯铸造雷电。这里指乡下铁匠。
② 欧罗巴产品,指那些高级的进口马车。
③ 欧妥米东,荷马史诗《伊利亚特》中的英雄阿奚里的车夫。

三十六

但你瞧,目的地已经不远,
白壁的莫斯科城已在望,
金色的十字架亮光闪闪,
矗立在教堂的圆屋顶上。
钟楼、教堂、花园还有宫殿
突然间在我的眼前展现,
看到这一切构成的弧形,
啊,弟兄们,我是多么高兴!
当我因别离而忧伤悲哀,
当我迫于命运,颠沛流离,
莫斯科啊,我总想念着你!
莫斯科……对俄国人心说来,
多少东西在这声呼唤里
得到反响,并交融成一体。

三十七

这是彼得罗夫斯基王宫,
一片密林中它面色阴沉。
仍在炫耀不久前的光荣。
拿破仑陶醉于末次幸运,
曾经徒然在这儿等待过
一个卑躬屈膝的莫斯科
把克里姆林宫钥匙献出;
不,我的莫斯科没有屈服,
她没对拿破仑把头低下。

她没为性急的英雄备妥
迎宾礼,也没想向他庆贺,
只为他安排下大火一把。
从这儿,他在沉沉忧思里,
望见可怕的火腾空而起。

三十八

败落的英名的见证,再见,
你啊,彼得罗夫斯基王宫。
喂!不要停留,一直奔向前,
关卡的白柱石已在眼中;
轿车在特维尔大街奔腾,
驰过坑洼和警察的岗亭。
两旁掠过街灯、店铺、儿童、
几个乡下女人、寺院、皇宫、
布哈拉族人、雪橇和菜园、
掠过商贩、茅舍、几个农夫、
宝塔、哥萨克人和林阴路、
掠过药房,掠过时装商店、
阳台和画着狮子的大门,
和歇在十字架上的鸦群。

三十九、四十

这一场令人厌倦的巡游
费去了一两个小时,终见
轿车停在一家公馆门口,

哈利顿①旁一条巷子里面，
这儿住着个年老的姨妈，
她们这次正是前来找她，
她在家害痨病已经四年。
开门的是一个白发老汉②，
戴副眼镜，穿件破旧长衣，
一只袜子捏在他的手上。
客厅里，郡主靠着沙发床，
惊喊着将她们迎进屋里。
两位老太哭着抱成一团，
一声连一声叹息个没完。

四十一

"郡主，mon angel"③——"Pachette!"④"阿林娜！"
"谁想得到啊？"——"一晃多少年！"
"亲爱的！表妹！住些日子吧！
你先坐下——这可多么稀罕！
小说中的场面，说实在话……"
"这就是我女儿达吉雅娜。"
"啊！达尼娅！快来让我看看！
我真是好像说梦话一般……
表妹呀！可记得格兰狄生？"
"怎么？格兰狄生？……啊，是他呀！

---

① 莫斯科的一座大教堂。
② 原文为："一个卡尔梅克族的白发老汉。"
③ 法语：我的天使。汉语朗读时，为诗行整齐，可译为"宝贝"。
④ 法语：巴西特。（人名）

对,记得,记得。可他在哪呀!"
"就在莫斯科,圣西蒙①附近;
圣诞节头天还来看过我,
不久前给儿子讨了老婆。

四十二

"而那个……啊,以后慢慢再谈。
可不是吗? 明天我们就要
带达尼娅跟亲戚们见面。
可惜我没力气到处去跑,
几乎、几乎都拖不动腿了。
啊,你们一路上也够累了;
咱们一块儿来歇息歇息……
啊,胸口真闷啊……又没力气……
我如今高兴一会儿也累,
我亲爱的,更别提发愁了……
我已经一点用也没有了……
人老了,活着简直是受罪……"
说到这,她已经精疲力竭,
泪水汪汪地流,咳个不歇。

四十三

病人的这种抚爱和欢喜
令达吉雅娜感动,可是她
对新居并不觉称心如意,

---

① 圣西蒙,莫斯科的一座大教堂名。

她已经住惯了自己的家。
虽有丝绸帐幔,新褥新被,
到夜晚她却是不能安睡,
黎明的钟声在阵阵地敲,
报告一日之晨姗姗来到,
这钟声把她从床上唤起。
达尼娅独自个坐在窗前,
天空的晨曦正渐渐消散,
而她的田野呢,又在哪里?——
面前是陌生的庭院,厨房,
一间马棚,还有一带篱墙。

四十四

于是她们把达尼娅带上,
每天去亲戚们家里赴宴——
把她神不守舍的疏懒相,
摆到老太太老太爷面前。
对几位远道而来的亲人,
家家都欢迎,态度很殷勤,
他们又是惊叹,又是款待。
"瞧呀,达尼娅长得多么快!
好像不久前才给你施洗,
不久前我刚刚把你抱过!
不久前我还扭过你耳朵!
不久前我还拿甜饼喂你!"
于是老太太们同声感慨:
"我们的年岁呀过得多快!"

四十五

而她们自己却没有变化,
她们的一切还是老一套:
那一位郡主伊林娜姨妈
还是戴着一顶网纱小帽,
卢凯丽·李沃娜还爱抹粉,
彼得罗夫娜①还是好骗人,
彼得罗维奇②还是个傻蛋,
他兄弟西蒙还是很爱钱,
在尼古拉耶夫娜③的身边,
还是麦歇菲牧什做朋友,
还是那个丈夫,和那条狗,
丈夫还是俱乐部的会员,
还是耳聋,还是那么温顺,
论吃喝还是能顶两个人。

四十六

各家的女儿拥抱达尼娅。
莫斯科城的美惠三女神④
先把达吉雅娜从上到下、
从头到脚默默打量一阵,

---

① 此人全名为柳波夫·彼得罗夫娜。
② 此人全名为伊凡·彼得罗维奇。
③ 此人全名为别拉格亚·尼古拉耶夫娜。
④ 美惠三女神,希腊神话中妩媚、优雅、美丽三位女神的总称。

发现她呀,总有点儿古怪,
有点儿乡下气,不大自在,
有点儿苍白,也不够丰满,
不过嘛,倒也还不算难看,
然后,她们便顺从着天性,
带她到房里,跟她交朋友,
吻她,温存地握住她的手,
给她梳时髦的蓬松发型,
还拖长着调子跟她谈起
心头的秘密,姑娘的秘密。

四十七

谈起别人和自己的胜利,
希望、淘气的把戏和幻想,
她们坦然倾述,说东道西,
带点不怎么顶真的诽谤。
然后她们婉转地要求她
也对她们说说心里的话,
算是对这番私语的回报。
而达尼娅像在梦游一遭,
这些话她全没放在心上,
她一点儿也不了解她们,
自己心头的秘密和泪痕,
自己的幸福,自己的宝藏,
她全都珍藏着,不声不响,
跟她们哪一个也不分享。

四十八

达吉雅娜也想仔细听听
人们的对话,一般的谈吐,
而所有的人,整个的客厅,
都在胡拉乱扯,非常庸俗;
他们的一切都平庸、无聊,
即使诽谤人,也那么枯燥,
这些个干瘪乏味的谈论,
这些个飞短流长的新闻,
即使偶然,即使无意之中,
也整天讲不出一点道理;
疲惫的思想显不出笑意,
即使诙谐,也难令人心动。
哪怕是博人一哂的愚昧
也难得,空虚的上流社会!

四十九

一群档案处供职的青年①
一本正经地盯着达尼娅,
而且还在他们彼此之间
不以为然地一再议论她。
有那么个小丑,满怀忧伤,
发现她合乎自己的理想,
于是,他便去斜倚在门边

---

① "一群"句,说的是外交部档案处的青年公务人员,当时贵族青年在这里供职者甚多。

写一首哀歌来向她奉献。
维亚泽姆斯基在姨妈家
见到达尼娅,坐在她身旁,
便被她占据了整个心房。
一位老先生正好靠近她,
注意到她,把假发整了整,
向左右的人不住地打听。

五十

而在那狂暴的悲剧之神①
拖长着嗓音嘶叫的地方,
眼盯舞台的冷酷的人群,
看她挥舞披风,闪闪发光,
那儿塔利亚②正进入梦境,
听不到人们善意的掌声,
那儿只有忒耳西科瑞③,她
才会使年轻的观众惊讶,
(回想早年也是这种情景,
在你我的时代)那种地方,
老太太眼中嫉妒的目光
或时髦鉴赏家的观剧镜,
都不从楼上楼下座位上
转向达尼娅所在的方向。

---

① 悲剧之神,即墨尔波墨涅,缪斯之一,主管悲剧。
② 塔利亚,缪斯之一,主管喜剧。
③ 舞神,在此泛指舞蹈。

五十一

她们也带她去晚会观光。
那儿一片拥挤,闷热、骚动,
音乐震耳欲聋,灯烛辉煌,
舞伴对对闪过,如同旋风。
美人儿身上轻盈的时装,
挤满着各色看客的环廊,
年轻姑娘围成的半圆形,
这一切都使她感到震惊。
在这里,知名的花花公子,
炫耀着厚脸皮、西装背心,
用手中观剧镜随便照人。
那些骠骑兵,每逢休假日,
也匆匆跑来,大声地吵闹,
出风头,献殷勤,然后飞掉。

五十二

莫斯科有许多漂亮小姐,
夜空里有许多美丽星星,
而蓝色太空中一轮明月,
比天上同伴们都更晶莹。
可是她啊——我不敢去拨动
我的竖琴惊扰她的玉容,
只有她才像雍容的月亮,

在这群女士中独具辉光①。
她如今虽然已降临凡尘,
却带来何等天庭的骄姿!
她心中充满怎样的矜持!
她美妙的顾盼多么深沉!……
够了,够了,赶快就此打住,
你已给癫狂缴够了贡赋。

五十三

哄笑和奔跑,鞠躬和喧哗,
踏步舞、马祖卡和华尔兹……
这时节,谁也不去留意她,
她陪两位姨妈,靠近柱子。
达吉雅娜瞧着,视而不见,
她厌倦上流社会的纷乱;
她在这儿气闷……通过幻想,
她正奔向田野,奔向家乡,
奔向穷苦庄稼人的身边,
那远离尘嚣的僻静角落,
流淌着一条清亮的小河;
奔向自己的小说和花园,
回到那浓荫间的小路上,
他在她面前出现的地方。

---

① 维亚泽姆斯基曾两次谈到第五至第八行指的是亚历山德琳娜·科尔萨科娃。1826—1828年间,普希金的确与她很接近。

五十四

她的思绪正在远方游荡，
听不见社交舞会的喧声，
一位显赫的将军在一旁
正瞅着她，瞅得目不转睛。
两个姨妈彼此眨了眨眼，
手肘把达尼娅点了一点，
两个人都对她悄悄说道：
"赶快转过身，往左边瞧瞧。"
"左边？哪儿呀？那儿有什么？"
"喏，不管怎么，你就快点看……
那堆人里，瞧见了？再往前，
那儿，两个穿军装的站着……
瞧，他走开了……他正侧着身……"
"谁呀，那个胖乎乎的将军？"

五十五

然而，这里且让我们庆祝
我亲爱的达尼娅的胜利，
同时我们要换一个题目，
别把为之而歌的人忘记……
碰巧有几句关于他的话：
我歌唱年轻的朋友，唱他
许多的稀奇古怪的念头。
我长久的劳作祈求保佑，
啊，你呀，请你，史诗的缪斯！

请赐我一根结实的拐杖,
别让我歧路上东游西荡。
够了,我该卸下这副担子!
我向古典主义表示礼敬,
虽然晚了,尚有序曲可听。①

---

① 本节从第6行起,是作家戏仿古典主义这种已被时代淘汰的思潮。

第八章①

Fare thee well, and if for ever
Still for ever fare thee well.

——Byron②

一

那些日子,在学校花园里
我怡然地绽开,像一朵花,
那时我爱读阿普列尤斯③,
而西塞罗④我却不爱读他,
那些日子里,当春天来到,
神秘的峡谷中,天鹅啼叫,
看水波闪烁,我伫立湖边,
缪斯便在我的眼前出现。
那间学生时代的静修房⑤

---

① 《奥涅金的旅行》最初是放在这章之前的,因此这应该是第九章,1829年12月24日开始写作,1830年9月25日结束于鲍尔金诺。后来又曾修改,决定抽掉原先的第八章(即《旅行》)之后,普希金又把其中的第九至第十三节移入本章,奥涅金给达吉雅娜的信是在1831年10月5日于皇村补写。
1832年1月在彼得堡出版时,封面注明"《叶甫盖尼·奥涅金》最末一章"。
② 英语:别了,如果是永别,那就永别了。——拜伦。
③ 阿普列尤斯,公元2世纪罗马诗人,长篇小说《金驴记》的作者。
④ 西塞罗(前106—前43),古罗马政治家、散文家、讲演家。
⑤ 静修房,修道院里修士住的小屋,普希金用它表示一个安静舒适的住处。

突然被照亮,缪斯在那里
摆开年轻人才思的筵席,
为童年的欢乐放声歌唱,
也歌唱我们古老的光荣,
歌唱那心头忐忑的迷梦。

二

世界面带微笑欢迎了她①,
最初的成就把我们鼓舞;
垂暮的杰尔查文老人家
发现了我们,为我们祝福。
………………
………………
………………
………………
………………
………………
………………
………………
………………

三

而我,只是把热情的任性
看作我自己生活的规条,

---

① 她,指缪斯,这里是说社会欢迎诗人最初的作品。

当我和人群分享着感情，
我也让活泼的缪斯一道
去听酒宴和争论的喧声，
去吓唬那些夜班的岗警；
缪斯每参加疯狂的筵席，
都会带上她自己的赠礼，
她酒后为客人放声而歌，
像酒神祭司①样活泼放任，
过去时代的那群年轻人
都曾狂热地把她追求过，——
在朋友当中，我感到骄傲，
有这轻狂女友和我一道。

四

而我，离开了这一群友人，
奔向了远方……她伴随着我。
时常啊，温存的缪斯女神
为了安慰我旅途的寂寞，
给我讲神奇奥秘的故事！
时常，踏着高加索的崖石，
她好像列诺娜②，在月光下
和我同骑一匹飞驰的马！
时常，在那塔夫利达海滨，
她带领我，在夜色昏暗中

---

① 酒神祭司，希腊神话中酒神狄俄尼索斯的女祭司，又称巴克科斯（酒神的别名）的狂女。
② 列诺娜，德国诗人布尔格（1747—1794）同名短篇故事诗的女主人公。

一同倾听那大海的汹涌,
去听涅瑞伊得斯①的低吟,
听那永恒的波涛合唱队,
用颂歌把宇宙之父赞美。

五

她忘掉了那远方的京城,
和它那豪华喧闹的筵席,
来到莫尔达维亚的荒村,
来拜访各族游牧的兄弟,
拜访他们的寒微的篷帐,
在他们中她也变得粗犷,
那些简陋而奇特的话语,
那些她所爱的草原歌曲,
竟使她忘却了神的语言②……
突然周围一切都变了样:③
她竟变成一个乡下姑娘,
又在我们的花园里出现。
眼含着忧郁的沉思冥想,
一本法文小书拿在手上。

六

如今我初次把缪斯女神

---

① 涅瑞伊得斯,希腊神话中的海中神女。
② 神的语言,指诗歌。
③ 这一行原稿中是:"而狂风骤起,雷声连天响。"

带进一个社交界的盛会,[44]
我怀着嫉妒而胆怯的心
凝望她那草原风格的美。
高傲的女士、外交家、贵族
和浪荡军官们挤满一屋,
她静静地坐下,冷眼旁观,
又轻轻走过这些人身边;
看人群喧嚣着挤成一团,
欣赏衣衫和言词的闪耀,
欣赏客人怎样徐徐来到
那位年轻的女主人面前,
男人怎样围在太太身旁
围成一圈黑色,如同镜框。

七

她喜欢权威人士的倾谈
表现出的有条理的顺序,
喜欢那安然傲岸的冷淡
和官职与年龄的混合体。
然而他是谁呀?沉默不言,
面色阴沉,站在贵人中间,
他似乎是跟谁都不相容。
他眼前闪过的张张面孔
对他像一串可憎的鬼魂。
他的脸上是痛苦的骄傲
还是忧郁呢?他为何来到?
他是谁?难道会是奥涅金?
难道是他?……不错,恰恰是他,

——他来到我们这很久了吗?

八

他依然如故,或已经温驯?
他还冒充怪人,一如往常?
他回到这来是什么原因?
眼下他给我们什么印象?
摆出什么姿态? 爱国人士,
世界主义者,或是缪莫斯①,
哈罗尔德,伪君子,教友派②,
或者还有其他面具可戴,
或者只是一位好好先生,
如同你和我,和整个社会?
但至少,至少,我奉劝诸位:
把陈腐的时髦抛弃干净,
他已把社会戏弄得够瞧……
你知道他? ——知道,也不知道。

九

为什么一提起他的名字,
你们便如此不怀有好感?
是因为我们都好管闲事,
忙于对一切都妄加褒贬?
是因为热心又容易疏忽,

---

① 见第三章第十二节注。
② 教友派,一种教会的派别。流行于英、美,当时传入俄国。

见到自命不凡的小人物
便去侮辱或取笑他一顿?
因为智慧爱宽畅的环境?
因为我们说到就算做到,
而且乐意这样待人接物?
因为蠢材们轻浮而恶毒?
因为大人物胡扯也重要?
因为只有平庸这种东西
对我们才适宜而不稀奇?

十

谁在年轻时候便很年轻,
谁能够不迟不早地成熟,
逐渐对生活的冷酷不幸
学会了忍受,谁就算幸福;
谁不沉溺于荒唐的迷梦,
谁不躲避社交界的俗众,
谁二十岁是个浪子、光棍,
而三十岁合算地结了婚,
谁能把公私的一切欠款
到五十岁上全都摆脱掉,
谁能够按部就班地得到
名誉、官职、地位以及金钱,
整个世纪人们都会承认:
某某某真是个出色的人。

十一

然而想起来真令人痛苦,
我们白白地辜负了青春,
我们往往是青春的叛徒,
而青春它也欺骗了我们:
我们许多最美好的愿望,
和我们许多新鲜的梦想,
在倏忽之间,便烟消云散,
像秋天腐烂的落叶一般。
真难容忍啊,你面前只有
长长一串餐饭,吃过又吃,
对生活,如同对一种仪式,
尾随着循规蹈矩的人流;
向前走,而你和他们之间
既无激情,也无共同观点。

十二

你变成嚣杂评论的对象,
难以容忍(你也说难容忍),
你与一群明智之士交往,
却号称装模作样的怪人,
或者说是个可悲的狂夫,
或者说是撒旦般的怪物,
或甚至是我的恶魔①再生。

---

① 我的恶魔,指普希金一首同名短诗中的形象。参照第一章第四十四节。

奥涅金（我又来谈奥涅金）
自从在决斗中杀死朋友，
无目的、不操劳直到今天，
他已经活足了二十六年，
无聊的闲散中他很难受，
没有个妻室、事业或职位，
无论干什么事，他都不会。

十三

他心头盘踞着烦躁不宁，
总是想把环境变换一下
（这是种令人苦恼的脾性，
却有人甘愿背这十字架）。
他便离开了自己的田庄，
那森林、田野的幽静地方，
那儿有个血淋淋的阴影，
每天都在他的眼前现形，
他开始漫无目的地游荡，
完全听命于自己的情感；
终于，对旅行他也已厌倦，
像他对世上的一切一样；
他又重返家乡，刚一下船，
就像恰茨基①在舞会出现。

---

① 恰茨基，格里鲍耶多夫的喜剧《智慧的痛苦》中的主人公。

十四

一阵私语在大厅中传开,
瞧,人群显得动荡而不宁……
一位贵妇向女主人走来,
后面跟着个显赫的将军。
你看她一点儿不显冷淡,
不显慌张,也不唠叨多言,
对谁都不用傲慢的目光,
也不怀哗众取宠的奢望,
她毫无小户人家的做作,
和鹦鹉学舌之类的花样……
她的一切都纯朴而安详,
她像这句话的忠实描摹:
Du comme il faut[①]……(希什科夫[②],抱歉,
我不知道应该怎样来翻。)

十五

夫人们都向她身边聚拢,
老太太都对她微微含笑,
男士们都对她深深鞠躬,
都想要把她的视线捉到;
在她面前,大厅里,姑娘们

---

① 法语:仪态端庄。
② 希什科夫(1754—1841),俄国国务活动家、海军军官、作家。反对将外国的语汇引进俄国语言。

悄然而过,随她来的将军
把他自己的鼻子和两肩
翘得比别人要更高一点。
或许很难说她美貌出众,
然而,即使从头到脚寻找,
谁也不能从她身上找到
那种在伦敦上流社会中
被专横独断的所谓摩登
称作 vulgar① 的东西。(我不能……)

十六

(我非常喜欢这一个字眼,
但我不能把它翻成俄文,
它对我们暂时还很新鲜,
并且也难望能受到尊敬。
它用在警句中或许相称……)
然而,且回到我们的夫人。
坦然的美让她讨人喜欢,
她坐在沃隆斯卡娅②身边,
这女人浑身是珠光宝气,
涅瓦河的克里奥佩特拉。
您大概会同意我的看法:
尼娜以大理石般的美丽
无法把她这位女邻遮住,
尽管她的确是光彩夺目。

---

① 英语:俗气。
② 此人全名为尼娜・沃隆斯卡娅。

十七

"难道会是,"叶甫盖尼在想,
"会是她?然而真像……不可能……
怎么!从偏僻的草原村庄……"
于是他用讨厌的观剧镜
不停地朝那个人儿张望,
这面孔令他模糊地回想
一副早已经淡忘的容貌。
"请告诉我,公爵,你可知道,
她是谁呀,戴顶紫红小帽,
正在跟西班牙大使交谈?"
公爵冲奥涅金望了一眼。
"啊哈!你已很久没有社交。
等会我介绍你认识认识。"
"她到底是谁呢?""我的妻子。"

十八

"你结婚啦!我还不知道呀!
很久了吗?""大约两年光景。"
"娶的谁?""拉林娜。""达吉雅娜!"
"你认识?""我是她家的近邻。"
"啊,那么请过来。"公爵立即
找到妻子,把自己的亲戚
兼朋友带到了她的面前。
公爵夫人对他望了一眼……
无论她心头有多少困惑,

无论她觉得多么地惊奇,
无论她感到怎样地诧异,
她却是丝毫也不露声色,
她依然保持现有的风度,
她弯腰鞠躬时,娴雅如故。

十九

真的!她并没有颤栗心跳,
脸色没有突然变红变白……
她连嘴唇也没有咬一咬,
甚至连眼眉也没抬一抬。
尽管他望得不能再仔细,
而昔日达吉雅娜的痕迹
奥涅金一点也没法发现。
他很希望能够跟她攀谈,
然而,然而办不到哟。她问,
他来了很久吗?来自何方,
他是否来自他们的家乡?
接着便把她困倦的眼神
转向她丈夫,轻轻地走开……
只留他独自在那儿发呆。

二十

难道会是那个达吉雅娜?
在我们这部小说的开端,
在那个远方偏僻的乡下,
他曾经向着她,面对着面,

以一种高尚的劝善热忱
宣讲过一篇道德的教训;
难道是那姑娘?他还保存
一封她向他诉衷情的信,
写得那么直率,那么坦荡,
会是那个姑娘……或是梦寐?
会是她?那时她处境低微,
他完全没把她放在心上,
然而现在,她在他的面前
竟会是如此地冷漠、大胆?

二十一

他离开熙熙攘攘的晚会,
忧思深沉地回到了家中,
幻想时而悲苦、时而优美,
搅扰着他姗姗来迟的梦。
醒来时,仆人送上一封信;
N公爵特意恭敬地邀请
他参加晚会。"天哪,去见她!……
哦,我去,我去!"他立即坐下
写封客气的信作为回复。
他怎么啦?在做什么怪梦?
有什么东西正蠢蠢欲动,
在他那疏懒的心灵深处?
是懊悔?是虚荣?或是重新
出现了青春的烦恼——爱情?

二十二

奥涅金又感到时日难挨，
又重新焦急地等候天黑。
终于十点了，他走出门外，
他跨进走廊，他简直在飞；
他跨进公爵夫人的房门，
发现只达吉雅娜一个人，
两相对坐，你看我我看你，
然而，这时从奥涅金嘴里
吐不出一句话。他很别扭，
只能郁郁不乐地面对她，
勉强地应答着她的问话，
头脑中充满固执的念头。
他盯着她，她在对面静坐，
神态安详，而且从容自若。

二十三

这时她的丈夫走进屋里，
尴尬的 têta-à-tête① 被他打断；
他便和奥涅金一同回忆
早年怎样一起打闹、游玩。
他们笑着。客人相继而至。
上流社会的尖刻的言辞
使谈话进行得生动活泼；

---

① 法语：面对面（谈话）。

在女主人面前轻松胡扯,
毫不装腔作势,谈笑风生。
有时也插进些既不俗气,
也没学究味的高明话题,
不谈永恒真理,却也正经,
这种谈话是自由而生动,
不会让任何人耳朵惊恐。

二十四

而这是首都的精华所在,
名门贵胄和时髦的楷模,
都是些抛头露面的人才,
是一群不可缺少的蠢货;
那些年过半百的太太们,
戴小帽,生疮疤,面目可憎;
这儿还有几位年轻姑娘,
是几张绝无笑容的面庞;
有位公使先生也在这里,
他高谈阔论着国家大事;
有个说旧笑话的老头子,
一头白发散发着香水气,
他的谈吐颇为聪明、精细,
只是如今多少有点滑稽。

二十五

还有位爱说警句的先生,
他对一切事都爱发脾气,

茶里放糖多点他不高兴,
男人声调太响,女人俗气,
他认为一本书评论不当①,
厌恨赠给两姐妹的花章②,
诅咒杂志上的谎言、战火,
诅咒下雪和自己的老婆。
………………
………………
………………
………………
………………
………………

二十六

普洛拉索夫他也在这里,
说他心灵卑劣一点不错,
St.-Priest③,你画他画秃了笔,
画遍了所有人的纪念册;
另有一位跳舞会的导演,
像杂志插图般站在门边,
像柳树节④红脸的赫鲁宾⑤,
　穿紧身衣,不动,也没声音,

---

① 原文为"对一本内容糊涂的小说评论不当"。
② 花章,指当时少女们爱佩戴的一种装饰品,是把皇后的姓名缩写拼在一起组成的图案。
③ 法语:圣-普里。圣-普里(1806—1828),法国讽刺画家。
④ 柳树节,复活节前的星期日。
⑤ 赫鲁宾,柳树节的小天使。

还有位旅客也偶然来到,
他是个衣着时髦的无赖,
他那副装腔作势的姿态,
在客人中引起微微一笑,
人们默默地交换的视线,
便是对他的共同的评判。

二十七

而我的奥涅金整个晚上
心里只有一个达吉雅娜,
不是那个羞怯的小姑娘,
可怜又单纯的钟情的她,
而是位冷漠的公爵夫人,
是一位不可侵犯的女神,
涅瓦河雍容华贵的女皇。
啊,人们啊,你们全都好像
你们那位祖先夏娃一般,
给你的东西你不感兴趣;
一条蛇不停地召唤着你,
把你叫到那神秘的树前:
摘一枚禁果来给你尝尝,
否则天堂对你也非天堂。

二十八

达吉雅娜有了多大改变!
她扮演那角色多有信心!
她多么快地就已经习惯

这束缚人心的高贵身份。
这是一位客厅的立法人，
威严堂皇，而又漫不经心，
岂知她曾是柔情的姑娘？
他还曾经使她心神激荡。
为了他，那时候每天黑夜，
当梦神①不飞来跟她做伴，
她有过多少春闺的幽怨，
常把哀愁的眼对着明月，
幻想能跟随他在某一天
把人生平静的路程走完！

二十九

各种年纪的人都有爱情，
但如春日骤雨之于土地，
只是对年轻少女的心灵
爱情的冲动啊才有意义；
经过那激情雨露的滋润，
年轻的心茁壮、成熟、清新——
强壮的生命向它们赏赐
鲜艳的花朵、甜美的果实。
而在不会结果实的晚年，
在我们年岁的转折点上，
激情的足迹已僵死凄凉；
恰似在寒气袭人的秋天，
风暴把草原变成了泥沼，

---

① 梦神，原文为"摩耳浦斯"，希腊神话中的梦神。

把林中的树叶统统吹掉。

三十

毫无疑问啊:唉! 叶甫盖尼
孩子般爱上了达吉雅娜,
他在爱情思虑的痛苦里
日日夜夜度过他的生涯。
他不顾理智严峻的责难,
每天都要来到她家门前,
要走进她家的玻璃厅堂,
他追逐着她,像影子一样;
只要能把蓬松的海狸皮
让他亲手给她披上肩头,
或是热热地碰碰她的手,
或是为她把手绢儿拾起,
或是驱散她身前的奴仆,
在他啊,全都是一种幸福。

三十一

任他怎样殷勤,拼命也罢,
她对他却丝毫也不留意。
在家里,她坦然地接待他,
主客相遇,寒暄两句尽礼,
间或只是微微把腰一弯,
有时甚至望也不望一眼:
她丝毫也不会卖弄风情——
上流社会对此不能容忍。

奥涅金的脸色开始不安,
她视而不见,或不觉可怜;
奥涅金憔悴了,并且差一点
就可能会害上一场肺痨。
大家劝他快找医生看看,
医生主张他去泡泡温泉。

三十二

可是他没有去,他要事先
给祖宗写封信通知通知,
存心不久便和他们相见;
而达吉雅娜却若无其事
(这就是女人)。他坚定不移,
他还抱着希望,还在努力,
比健康人更勇敢,冒着病,
用虚弱的手,给公爵夫人
他写了热烈奔放的情书。
尽管写信大约用处很小,
他已经并非徒然地料到;
然而,要知道,心头的痛苦,
他已经没力量再忍受它。
这就是他的信,一字不差。

奥涅金给达吉雅娜的信

说出我心头悲哀的隐痛
您不高兴,我预见到一切。
将有怎样的痛苦的轻蔑

表现在您高傲的目光中!
我企求什么?怀什么目的,
现在来向您剖开我的心?
会引起怎样恶毒的快意,
也许,由于我所做的事情!
我曾经偶然地和您相逢,
在您心头见到情的火种,
那时候,相信它,我没勇气,
我没让可爱的习性发展;
那时候,我的确很不情愿
把自己可厌的自由抛弃。
还有一件事使我们分别……
不幸的连斯基死得真惨……
我使我心中珍爱的一切
全都和我的心一刀两断;
那时,孑然一身、无牵无挂,
我想我愿用幸福去换取
自由和安逸。但我的上帝!
我怎样错了,又怎样受罚。
不,只要能时刻和您见面,
跟随在您身后寸步不离,
用我的热爱着您的两眼
找您嘴的微笑,眼的游移,
用心灵去领略您的完美,
久久地倾听着您的声息,
当您的面在痛苦中憔悴,
苍白,熄灭……那就幸福无比!

而我的幸福已经被夺去,

为您奔命,怀着侥幸的心,
每小时、每天我都该珍惜,
我却把命定的有数时辰
在徒劳的苦闷中浪费掉。
这些日子也确实是难熬。
我知道,我的日子已经有限,
而为了能延续我的生命,
每天清晨必须有个信念:
这一天能见到您的身影……

我怕,在我恭顺的祈求里,
您那双严厉无情的眼睛
会找出什么卑鄙的奸计——
于是您会把我怒斥一顿。
但愿有一天您可能知道,
爱的渴求怎样在折磨人,
爱情像火把我的心燃烧——
要用理性压抑血的激奋;
希望能够抱住您的膝头,
痛哭一场,俯在您的脚下,
倾吐我的怨诉,表白、恳求,
说出一切我所能说的话,
而我又必须用假的清醒
武装起自己的言语、视线,
去跟您平心静气地交谈,
望着您啊,用愉快的眼睛! ……
然而随它去吧,我已经
再没有力气抗拒我自己;
一切都已决定:随您处理,

我决心一切都听天由命。

三十三

没有回答。他又写了一回，
他的第二封和第三封信
仍不见回答。有一次宴会
他去参加，当他刚跨进门……
她迎面走过来，多么严肃，
眼不瞧他，话也不说一句；
啊哟！如今呀，在她的周身
全包围着主显节的寒冷！
她的两片固执的嘴唇上
怎样极力地抑制着愤怒！
奥涅金炯炯地把她盯住；
哪儿，哪儿有怜悯和慌张？
哪儿有泪痕？……没有，全没有！
从脸上只见她怒在心头……

三十四

还有，或许是暗自的惊悸，
怕丈夫或社会竟会猜透，
那偶然的弱点、那些儿戏……
奥涅金知道的那些情由……
毫无希望了！他只好退场，
独自去诅咒自己的疯狂——
并且，深深沉陷在疯狂里。
他又和社交界断绝关系，

钻进了悄然无声的小屋,
去独自回想那时的情景,
当时,残酷无情的忧郁病
在社会喧嚣中把他追逐,
它捉住他,提着他的衣领,
在一个角落里把他囚禁。

三十五

他又不加选择地来读书。
他读吉本①、曼佐尼②的著作,
卢梭、赫尔德③、尚佛④的论述,
还有 Madame de Staël⑤、毕夏⑥、狄索⑦、
怀疑主义者培尔⑧的名文,
他还读冯泰纳尔⑨的作品,
读我们中某些人的大作,
什么都读,什么都不放过;
也读诗文选集⑩,也读杂志,

---

① 吉本(1737—1794),英国历史家,《罗马帝国衰亡史》的作者。
② 曼佐尼(1785—1873),意大利作家,浪漫主义的重要人物,代表作为长篇小说《约婚夫妇》。奥涅金可能读到的是他的悲剧《阿德尔吉斯》(1823)。
③ 赫尔德(1744—1803),德国哲学家、诗人和民俗学家,著有《歌谣中人民的声音》(1767)等。
④ 尚佛(1741—1794),法国警句作家。
⑤ 法语:斯塔尔夫人。
⑥ 毕夏(1771—1802),法国名医。
⑦ 狄索(1728—1797),瑞士医生。
⑧ 培尔(1647—1706),法国哲学家。
⑨ 冯泰纳尔(1657—1757),法国哲学家、历史学家,培尔的战友。
⑩ 诗文选集,指一种非期刊性的诗歌、散文或论文的结集,往往代表某一文学集团的观点和倾向。

这些杂志都在教训我们,
最近还将我痛骂过一顿,
但其中也把多好的情诗
献给我,我间或也读一回:
读者诸君,E sempre bene①。

三十六

可是怎么啦?他眼睛在读,
而思想却又是远在天边,
许多的幻想、希望和痛苦,
深深地挤在他心灵中间。
尽管白纸黑字印得分明,
他精神上的另一双眼睛
却读出了其他一些词句。
他全心沉在这些词句里。
那是些隐藏心头的故事,
属于亲切又朦胧的往昔,
是一些毫无关联的梦呓、
要挟、流言蜚语以及预示,
或荒诞不经的长篇童话,
或妙龄女郎的封封书札。

三十七

于是,奥涅金便逐渐逐渐
沉入情感、思想的昏迷中,

---

① 意大利语:写得实在是美。

而想象力便在他的眼前
玩起色彩缤纷的法拉翁①。
时而他看见:溶化的雪里
有一个年轻人静卧不起,
仿佛在旅店的床上安眠,
有人说话:怎么?气息已断。
时而是早已遗忘的宿仇,
诽谤者和恶毒的胆小鬼,
和那群另有新欢的娥眉,
那些曾被他蔑视的朋友,
时而一座乡村宅邸——窗下
坐着她……于是便全都是她!……

三十八

他已经习惯于这样出神,
差点儿没有因此而疯掉,
或者差点没变成个诗人。
说老实话,那样还更糟糕!
的确,仿佛是被磁力吸住,
我的这个没出息的门徒,
那时只差点儿没有学好
俄罗斯诗歌的整套规条。
当他独自个坐在角落边,
面前燃起一炉熊熊的火,

---

① 法拉翁,一种纸牌的玩法,此处形容思虑恍惚,捉摸不定。

低吟着 Benedetta① 或是 Idol mio②,
一会儿一只鞋掉进烈焰,
一会儿又落到本杂志上,
他多么像个诗人的模样。

三十九

光阴飞逝,气温渐渐上升,
冬天的寿命也已经告终,
而诗人他到底没有做成,
他没有死掉,也没有发疯。
春天又使他振作起精神,
在一个阳光明媚的清晨,
他初次走出深居的斗室,
他在那蛰伏着,像只耗子,
他离开那些双层窗、壁炉,
乘着雪橇沿涅瓦河飞奔。
蓝色冰面上布满了车痕,
冰上阳光闪耀,街上到处
都是积雪挖开后的泥泞,
泥泞中奥涅金急速行进。

四十

奥涅金去哪里?大概你们
早猜到了;实在一点不差:

---

① 意大利语:最美好的人儿。意大利歌曲名。
② 意大利语:我的偶像。意大利歌曲名。发音为"爱多米啊",与上行的"火"押韵。

我这个禀性难移的怪人
是去找她,他的达吉雅娜,
他像具僵尸般直往前走。
那前厅里一个人也没有。
进大厅,往前,还不见有谁。
他伸出手来把房门一推,
他大吃一惊,是什么原因?
公爵夫人独自出现眼前,
她面色苍白,没梳洗打扮,
正在读着一封什么书信,
泪水小河般静静地流下,
一只手伸出来托住面颊。

四十一

啊,在这迅速飞逝的瞬间,
谁对她的苦不一眼洞察!
谁在她的身上不会发现
那当年的可怜的达尼娅!
他沉浸在疯狂的痛悔中,
叶甫盖尼俯向她的脚踵;
她微微地一颤,沉默无言,
只是抬眼把奥涅金看看,
她没有诧异,也没有愤怒……
他病恹恹的黯淡的两眼、
祈求的神情、无声的责难,
她都懂。一个纯真的少女
连同她昔日的梦幻、心灵,
这时又在她的身上苏醒。

四十二

她并不伸手去扶他起来，
不挪动凝望着他的眼睛，
也不把没知觉的手抽开，
任他去贪婪地一吻再吻……
此刻她心头都想些什么？……
经过了一段长久的沉默，
终于，她低声地说起话来：
"够了，请您站起来，我应该
坦率地向您说明。奥涅金，
您是不是还记得那一天，
那时，在花园里，林阴道边。
我们俩相遇，对您的教训
我当时多么顺从地听过？
那么，今天呢，该轮到了我。

四十三

"奥涅金，那时候我更年轻，
好像，那时，我还漂亮得多，
奥涅金，我那时爱上了您，
可我在您心里找到什么？
您怎样回答我？一本正经。
一个温顺小姑娘的爱情
——不是吗？——那时您不觉新鲜。
如今，想起您冰冷的两眼，
还有您那套谆谆的教诲，

天哪,——真让人血液都发冷……
我不怪您,那可怕的时辰,
您的所作所为非常高贵,
您在我面前没做错事情,
我感谢您!用我整个心灵……

四十四

"那时——不是吗?在偏僻乡村,
远离开人们虚荣的言谈,
我不讨您喜欢……可是如今
为什么您对我这般热恋?
为什么您苦苦把我紧追?
是不是因为,在上流社会,
如今我不得不抛头露面?
因为如今我是有名有钱?
因为我的丈夫作战受伤,
为此我们有宫廷的宠幸?
是否因为,如今我的不贞
可能引来所有人的目光,
因此,就能为您在社会上
赢得些声名狼藉的荣光?

四十五

"我在哭……如果您直到如今
还没把您的达尼娅忘记,
您该知道:和这眼泪、书信,
这令人羞辱的激情相比,

我更爱听您尖刻的责骂
和那次冷酷、严厉的谈话，
假如能够任随我来挑选。
那时候，您至少也还可怜
我那些天真幼稚的梦想，
至少也还尊重我的年纪……
而现在！——您对我双膝点地，
多么渺小！您怎么会这样？
为什么凭您的心智、才气，
会沦为浅薄感情的奴隶？

四十六

"对我，奥涅金，这奢华富丽，
这令人厌恶的生活光辉，
我在社交旋风中的名气，
我时髦的家和这些晚会，
有什么意思？我情愿马上
抛弃假面舞会的破衣裳，
抛弃这些烟瘴、豪华、纷乱，
换一架书，换个荒芜花园，
换我们当年简陋的住处，
奥涅金啊，换回那个地点，
那儿，我第一次和您见面，
再换回那座卑微的坟墓，
那儿，十字架和一片阴凉，
正覆盖着我可怜的奶娘……

四十七

"而幸福曾经是伸手可得,
那么可能!……但是,我的命运
已经全部都注定了。或者,
这件事我做得不够审慎;
母亲流着泪苦苦哀求我,
对于可怜的达尼娅来说,
随便吧,她听从命运摆布……
我就嫁给了我这个丈夫。
您离开我吧,您应该这样,
我十分了解:您拥有骄傲,
而且也拥有真正的荣耀。
我爱您(我何必对您说谎),
但现在我已经嫁给别人,
我将要一辈子对他忠贞。"

四十八

她走了。奥涅金木然不动,
他仿佛被一声霹雳惊倒。
此时此刻啊,在他的心中,
有怎样万感交集的风暴!
然而却传来马刺的声响,
达尼娅的丈夫随即出场,
在这里,在我这位主人公
处境最狼狈的这一分钟;
读者啊,让我们和他分手,

和他长久地……永远地别离。
我们大家已跟他在一起
在这世界上游荡了很久。
让我们祝贺靠岸吧,乌啦!
早就是时候了(可不是吗)!

四十九

啊,我的读者,是敌或是友,
无论你属于哪一类,现在,
我都想和你友好地分手。
再见了。无论你上我这来,
是想从这潦草的诗节里,
寻找那激荡不安的回忆、
活跃的画面、工余的休闲,
寻找些聪明机智的言谈,
或是寻找些语法的毛病,
但愿你能在我这本书中,
为了消遣,或是为了幻梦,
为心灵,为杂志上的争论,
找到点什么,哪怕一小点,
让我们就此分别吧。再见!

五十

也和你告别,古怪的旅伴①,

---

① 古怪的旅伴,指奥涅金。

还有你,我的忠实的理想①,
和你,生动的、占很长时间
那卑微劳作②,在你们身旁,
我尝到诗人渴慕的一切:
尘世风暴中将人生忘却,
朋友间甜蜜的促膝谈心。
从那时,当我在朦胧梦境,
初见到年轻的达吉雅娜,
当时有奥涅金和她一起,
许多的日子都已经消逝——
那时,透过水晶球的魔法,
我还不能很明白地看清
一部自由体小说的远景。

五十一

那些我曾在朋友集会上
对他们朗诵过开篇的人……
恰如萨迪当年说的那样,
都远在天涯,或已成鬼魂。③
奥涅金画成,他们④已消亡。

---

① 忠实的理想,指达吉雅娜。
② 《叶甫盖尼·奥涅金》整整写了八年,1833年,当普希金把这部作品最后汇成一册,整理付印之后,又曾经写过一首六音步抑扬格的无韵短诗《劳作》,表现了与此处相似的心情:"渴望的时刻来到了,我多年的劳作结束了。为什么无名的忧愁在暗中搅动我的心?或者,我像一个无用的苦力,完成了一件自己的功绩,拿到工资,垂手站着,再没工作可做?或者是舍不下我的劳作,这夜晚沉默的伴侣,金色的黎明的朋友。神圣家神的朋友?"
③ 此句引自13世纪波斯大诗人萨迪的作品《果园》。
④ 他们,指被流放西伯利亚和已被处死刑的十二月党人。

她呢,我曾比着她的模样,
把我的可爱的理想描摹……①
噢!多少东西被命运剥夺!
这样的人啊才真算有福:
他能及早离开人生华筵,
不去把满杯的美酒饮干,
不等把人生的故事通读,
便突然离开它,毫不动心,
好似我离开我的奥涅金。

---

① 后世评论家、学者曾经指出过许多达吉雅娜的原型,并且为此争论不休,普希金很可能以某些真实人物为原型描绘过达吉雅娜的某些特点。

普希金原注

(这是普希金本人所作的注释,依本书历次出版的传统,放在第八章后,"奥涅金的旅行片断"前)

[1] 作于比萨拉比亚①。

[2] dandy,花花公子。

[3] 帽子,à la Bolivar②。

[4] 一家有名的餐馆。

[5] 这种冷淡的感情特征,真配得上恰尔德·哈罗尔德。狄德罗先生的芭蕾富有生动的想象和非凡的美。我们的一位浪漫派作家③在其中找到的诗意,比在整个法国文学中都多得多。

[6] Tout le monde sut qu'il mettait du blanc; et moi, qui n'en croyais rsen, je commenc ais de le croire, non seulement par l'embellissement de son teint et pour avoir trouvé des tasses de blanc sur sa toiletette, mais sur ce qu'entrant un matin dans sa chambre, je le trouvai brossant ses ongles avec une petite vergette faite exprs, ouvrage qu'il continua firment devant moi. Je jugeai qu'tin homme gui passe deux heures tous les matins à bosser ses ongles, peut bien passerquelquesinstantsà. remplir de blanc les

---

① 萨拉比亚,多瑙河北岸沿黑海的一个地区。
② 法语:玻利瓦式。玻利瓦尔式帽子指西蒙·波利瓦尔(1783—1830)所戴的一种宽边帽子。他是南美哥伦比亚共和国的建立者,19 世纪初叶世界政治的风云人物。
③ 一位浪漫派作家,指作者自己。

creux de sa peau.

(Confessions de J. J. Rousseau.)①

格里姆超越了他的时代,如今整个文明的欧洲都用特制的小刷子清洗指甲。

[7] 整个这个讽刺的诗节只不过是对我们美丽的女同胞们的巧妙赞美而已。布瓦洛②也是这样貌似谴责而实则赞美过路易十四③的。我们的女士们把教养和献殷勤、把严格的道德清白和这种令斯塔尔夫人如此迷恋的东方魅力结合在一起了。(参见 Dix annes d'exil④)

[8] 读者们都还记得格涅基奇⑤的牧歌中对于彼得堡夜晚的优美描绘:

夜来了;然而一缕缕金色的云并未变暗。
没有星星也没有月光,远方却仍然明亮。
隐约可见的海船仿佛在蔚蓝的天空中飘荡,
它们银光闪闪的风帆显现在远远的海边上。
夜晚的天空闪耀着毫不黯淡的光辉,
落日的绛紫和日出的金红混融在一起;
好似朝露跟随黄昏的足迹又引来了
胭红的早晨。——这是那种金色的时光,
夏天的白昼夺取了黑夜的统治权;
北国天空中阴影和甜美的光的神妙的融合

---

① 法语:谁都知道他搽粉:起初我不相信,可是后来也渐渐倾向于这个看法,不仅因为他的脸色变漂亮了,而且因为在他的妆台上放着几盒粉,还因为,有一次我清早去他屋里,见他正用一把特制的小刷子在修饰他的指甲,而且傲然当我面不停地修。我断定:一个人能够每天早晨花两小时去修饰指甲,也就可能花几分钟用粉填平他脸上的坑洼。(卢梭:《忏悔录》)
② 布瓦洛(1636—1711),法国诗人和古典主义理论家。
③ 路易十四,法国国王(1643—1715)。
④ 法语:流亡十年。
⑤ 格涅季奇(1784—1833),俄国诗人。

正在诱惑着异乡人的视线，
　　正午的天空从来没有像这样被装点过；
　　那明朗，像是北方姑娘美丽的容颜，
　　她蓝蓝的眼睛、红红的面颊
　　稍稍被波浪般下垂着的棕色鬈发覆盖。
　　这时在涅瓦河边、在豪华的彼得城上空
　　是不带暮色的黄昏和不带暗影的迅速的夜；
　　这时夜莺刚刚唱完她夜半的歌，
　　便立即唱起另一支歌来迎接初升的一天。
　　然而不早了，新鲜的气息在荡漾；涅瓦河的沼泽上，
　　露珠点点……
　　午夜了：黄昏时千万支桨声造成喧浪的
　　涅瓦河不再动荡了；城市的客人星散了，
　　岸上没有人声，水面没有涟漪，万籁俱寂；
　　唯有偶然间桥上的一声轰响从水面掠过，
　　唯有远方乡村驰来的拖长的喊叫声，
　　那是夜班站岗的哨兵在互相呼应。
　　一切都沉睡了……

[9] 为了排遣不眠的夜晚，
　　倚着花岗石堤伫立河滨，
　　情绪激动的诗人分明看见，
　　一位亲切美丽的女神。

　　　　　　　　　　（穆拉维约夫①：《致涅瓦女神》）

[10] 作于敖德萨。
[11] 参见《叶甫盖尼·奥涅金》第一版②。
[12] 录自《第聂伯河的水妖》第一部。

---

① 米·尼·穆拉维约夫(1757—1807)，俄国诗人。
② 第一版中这里有安尼巴的传记，后移至第五十节的附注中。

[13] 那些最响亮悦耳的希腊名字。例如：阿卡芳、菲拉特、菲多拉、菲克拉及其他等等，在我们这里，只有普通老百姓才用。

[14] 格兰狄生和勒甫雷斯，两部著名的小说的主人公。

[15] Si j'avais la folie de croire encore au bonheur, je le chercherais dans l'habitude.①

（夏多布里昂）

[16] "可怜的郁利克！"②——哈姆雷特对一个弄人的骷髅这样叹息过。

[17] 前一版中把奔回家去误刊为奔向冬天（这毫无意义）。批评家们没有看出这一点，却在以下的诗节中寻找年代的差误。我敢说这部小说中时间全是按照日历计算的。

[18] 尤丽亚·伏尔玛尔——"新爱洛绮丝"。马列克-阿戴里——M-me coottin③ 的一部平庸小说的主人公。古斯达夫·德·林纳尔——克留德纳男爵夫人一部美妙的中篇的主人公。

[19] 万皮尔——误传为拜伦爵士所写的一部中篇小说。缪莫斯——梅图林的一部天才作品。斯波加（Jean Sbogar④）——查理·诺第埃的著名小说。

[20] Lasciaté ogni spéranza voi ch'entrate.⑤我们谦虚的作者只译出了这行名诗的前半。

[21] 已故的阿·伊斯玛伊诺夫刊行的一种杂志，相当不准期。某次出版人曾在刊物上向读者致歉，因为他在节日外出游玩去了。

[22] 叶·阿·巴拉丁斯基。

[23] 杂志上都表示惊奇，怎么能把一个普通乡下女孩子叫作

---

① 法语：如果我还糊涂地相信幸福，我就会去在习惯中找寻它。此句引自法国作家夏多布里昂的中篇小说《勒内》(1812)。
② 参阅莎士比亚的《哈姆雷特》和斯特恩的《项狄传》。
③ 法语：戈旦夫人。
④ 法语：让·斯坡加。
⑤ 意大利语：永远放弃你的希望，你们，每个走进来的人（引自但丁《神曲·地狱篇》）。

姑娘，而把高贵的小姐却称呼得更低级些，叫做丫头们①。

［24］"这就是说"——我们的一位批评家指出——"小孩子们穿冰鞋溜冰"。完全正确②。

［25］当我在春花般的年纪，

充满诗意的美酒阿逸，

以它喧嚣的泡沫令我高兴，

也因为它和爱情相差无几，

或者，因为它像不理智的青春，等等。

(《寄列·普》)③

［26］奥夫古斯特·拉封丹，许多描写家庭生活的小说的作者。

［27］参见维亚泽姆斯基的诗《初雪》。

［28］参见巴拉登斯基在《爱达》中对芬兰冬天的描写。

［29］公猫叫唤母猫

睡到炉台上去。

这是结婚的预兆；第一支歌预言死亡。

［30］用这种办法可以得知未来新郎的名字。

［31］杂志上责难这几个词：拍手，话音和蹄声，认为是一种不成功的新花样。这些都是俄语中根深蒂固的词。"波瓦出营乘凉，忽听田野中传来人的话音和马的蹄声"(《波瓦王子的故事》)。"拍手"一词在口语中是用来代替"鼓掌"的，正如同"咝咝叫"一词代替"咝鸣"一样：

它像蛇样咝咝叫

(俄罗斯古诗)

不应该妨碍我们丰富而美丽的语言的自由。④

---

① 这里指勃·费多罗夫(1798—1875)在《圣彼得堡观察家》杂志上对《叶甫盖尼·奥涅金》的评论。
② 这是作家在答复《阿登涅伊》杂志上对《叶甫盖尼·奥涅金》第四、第五章的评论。
③ 列·普，作家的兄弟列夫·普希金(1805—1852)。
④ 这也是答复《阿登涅伊》的。

［32］我们的一位批评家似乎从这几行诗中找到什么我们所不理解的、见不得人的东西。①

［33］占卜书是马丁·沙德加所经营的企业出版的,他是一位可敬的人,从不写作占卜书,正像勃·费多罗夫指出的那样。

［34］戏仿罗蒙诺索夫的名诗:
　　朝霞以绛紫色的手
　　从清晨宁静的海上
　　把太阳从身后带了出来——等等。

［35］布雅诺夫,我的邻居,
　　他昨天没刮胡子来到我家,
　　头发稀乱,穿件细绒衣,戴顶鸭舌帽……
　　　　　　　　　　　　　(《危险的邻居》)

［36］我们的批评家,女性的忠实崇拜者们,对这句诗之有失体统大加责难。②

［37］一家巴黎餐馆。

［38］格里鲍耶多夫的诗句。

［39］出名的制枪技师。

［40］第一版中,第六章结尾如下:
　　然而你,我的年轻的灵感,
　　请把我的想象激为波澜,
　　活跃我昏沉欲睡的心怀,
　　更勤快地向我这儿飞来,
　　我求你,别让诗人一颗心
　　变得冷酷、无情,甚至僵死,
　　到头来竟化作一块顽石,
　　在社交界寻欢,麻木不仁,

---

① 这也是答复勃·费多罗夫的。
② 这也是答复勃·费多罗夫的。

到处是没灵魂的骄傲汉,
到处是飞黄腾达的混蛋。

四十七

到处都是那些狡猾、低能、
放肆和娇生惯养的少年,
都是可笑又无聊的恶棍,
都是愚蠢、好纠缠的法官,
都是虔信着上帝的荡妇,
都是甘心于投靠的奴仆,
都是见惯了的时髦场景,
有礼貌的甜言蜜语、变心,
到处都有那残忍的虚荣
对人们做出冷酷的裁判,
在计算农奴数目和扯淡,
构成了一片恼人的空洞,
这真是一个无底的深渊,
好朋友,我们都浮游其间。

[41] 莱夫辛,许多经济学方面的著作的作者。
[42] 我们的花园般的路只满足了眼睛,
　　树阴、排水沟、铺上草皮的土岗;
　　工作值得大大地加以赞扬,
　　可惜有一点:眼下尚不能通行。
　　尽管一排排绿树俨若岗哨,
　　对于走路的人却少有用处,
　　据说,道路修得真是挺好——
　　令人想起一句古诗:为行人造福!
　　对于在俄罗斯行路的人,

道路只在两种情况下可以通行：
当我们的马克·亚当或马克·夏娃①，
也就是冬天,噼里啪啦,脾气大发,
来一次横扫一切的攻击,
用冰冻的盔甲蒙住道路,
初雪再以细蒙蒙的砂粒
把它留下的脚印一一盖住。
或者,当那酷热的干旱
把田野晒得像龟背一般,
甚至于苍蝇半闭着眼
也能涉过洼地,穿过浅滩。

（《驿站》,维亚泽姆斯基公爵）

［43］这个譬喻是借用 K② 的,他因擅长诙谐的想象而非常闻名。K 说,有一次波将金公爵③派他专程给女皇送信,他的车走得真快,甚至他佩剑的一头伸出车外,敲打着路标,就像敲打着一排栅栏似的。

［44］Rout,一种不跳舞的晚会,特别的意思是人群。

---

① 马克·亚当,英国的马路工程师。
② K,指善于吹牛的德·叶·基基安诺夫。
③ 波将金公爵(1739—1791),叶卡捷琳娜女皇的宠臣。

奥涅金的旅行片断[1]

《叶甫盖尼·奥涅金》末章是单独出版的,前言如下:

"省略掉的诗节曾不止一次引起责难和嘲笑(不过,都很公正而且高明)。作者坦率承认,他从他的小说中抽掉了描写奥涅金在俄罗斯各地旅行的整整一章。略去部分本该用虚线或数字表示;但,为免授人以柄,他决定最好还是不将末章标为'第九章'而标为'第八章'并且也牺牲了结尾几节诗中的这一节:

是时候了,我的笔要休息;
一共九支歌,已全部写完;
第九级巨浪把小船托起,
把它送到了欢乐的彼岸——
赞美你们啊,九位嘉米娜[2],等等。

帕·亚·卡杰宁(卓越的诗才并不妨碍他也是一位明察秋毫的批评家)曾给我们指出,这种省略也许对读者会有好处,但却有害于整个作品的结构;因为从乡下小姐的达吉雅娜到贵夫人的达吉雅娜之间的转变,显得过于突然和不可解释。这是一个有经验的艺术家提出的意见。作者本人感到这一意见的公正,然而,他决定抽去这

---

① 奥涅金的旅行片断中一部分诗节1825年在米哈伊洛夫斯克村已经写成(关于敖德萨的描写)。原先准备放进第七章,并曾以七章片断的名义在《莫斯科导报》(1827年3月)发表过。1830年1月1日的《文学报》上又刊出了另一些片断(关于克里米亚的描写),1830年秋,作家在鲍尔金诺把它们改为独立的第八章。考虑到其中许多过于尖锐的暴露不可能被检查官通过,诗人决定抽去这一章。整章原稿已经遗失。现在的第八章(原来应为第九章)中有几节诗是从这里移去的。
② 嘉米娜,罗马神话中主管诗歌、艺术和科学的女神。

章的原因,主要是为他自己而不是为读者着想。这一章的某些片断曾经付印;现抄录于此,并添上了几个诗节。"

叶甫盖尼·奥涅金从莫斯科来到下诺夫哥罗德。

················他看到
马卡列夫集市①一片忙乱,
沸腾般显示自己的丰饶。
印度人运来他们的珍珠,
欧洲人把假酒冒充仙露。
牧场的主人也从草原里
赶来了一群挑剩的马匹;
一副纸牌和听话的骰子,
是赌徒随身带来的工具;
地主带来他成熟的闺女,
闺女穿戴着去年的样式。
人人都在忙,撒双倍的谎,
斤斤计较之风四处飞扬。

* * *

苦闷!……

奥涅金去阿斯特拉罕,从这里再到高加索。

他见任性的捷列克河②水
冲击着两旁峻峭的河岸;
小鹿伫立不动,犄角低垂,

---

① 马卡列夫集市,下诺夫哥罗德的集市,是1817年以后从马卡列夫城移去的,因此得名。是俄国有名的每年一度的大集市。
② 捷列克河,高加索北部的河流。

一只雄鹰在它眼前飞旋；
骆驼躺在峭壁的阴影下，
草原上跑着切尔克斯①马，
卡尔梅克人把自己的羊，
在游牧的篷帐周围牧放，
远处，高加索的巍巍群山：
一条大路通往那个方向。
战争冲破了天然的屏障，
越过了它们险峻的阻拦；
阿拉瓜河、库拉河②的崖石
向俄罗斯人的帐篷凝视。

* * *

已望见别式图山③的尖顶，
矗立在峰峦的簇拥之中，
它是荒原的永恒的卫兵，
它身旁马舒克④绿阴葱茏，
马舒克施舍治病的泉水；
在它的神奇的溪流周围，
苍白的患病者挤来挤去，
有人生病，为战争的荣誉，
有人为痔疮，为吉普里达⑤；
这些人想用奇迹的水浪
把自己细细的生命增强，

---

① 切尔克斯，俄国一个信奉伊斯兰教的少数民族。
② 阿拉瓜河、库拉河，高加索南部的两条河。俄国军队长期在此驻防。
③ 别式图山，高加索南部的高山。
④ 马舒克，高加索南部的一座山名，以温泉著名。
⑤ 吉普里达，即爱神维纳斯，相传她自海波中诞生以后，即居住在吉普里岛，因此又名吉普里达。

风情女恨她恶劣的生涯,
想把它的羞辱留在水边,
老人想年轻——哪怕片刻间。

* * *

周围是这悲哀的一群人,
怀着心头那痛苦的思索,
奥涅金他眼中充满悔恨,
注视着烟雾蒸腾的小河,
他在想,思绪忧伤而迷蒙:
为什么不射穿我的前胸?
为什么我不是龙钟老汉,
就像这位可怜的包税官?
为什么我不会卧床不起,
和那土拉的陪审员一样?
为什么我不感到肩头上
哪怕有点风湿病——啊,上帝!
我年轻,我有强壮的生命,
我等待着什么?苦闷,苦闷!……

* * *

后来奥涅金又去访问塔夫利达:

人们想象中神圣的地方:
古希腊两位神在那吵架,①
米特里达特②曾在那自杀,

---

① 原句为:"阿特里得斯在那儿和皮拉得斯吵过架。"两人皆为希腊神话与传说中的人物。
② 米特里达特(前132—前63),彭塔和波士佛尔的国王,著名的武将。

密茨凯维支①曾在那歌唱，
在岸边岩石中，满怀灵感，
他思念他的祖国立陶宛。

* * *

你真美啊，塔夫利达海岸，
清晨在吉普里达②微光中，
从船舷上望见你的容颜，
我仿佛第一次和你相逢；
我见你，浴着新婚的光华，
你一层层峰峦神采焕发，
衬托着蔚蓝透明的天空，
你点点溪谷、村落和树丛，
似一片锦绣，在面前展开。
而那边，鞑靼人的茅屋间……
我心头苏醒怎样的火焰！
怎样的富有魔力的愁怀
紧压着我的火热的胸膛！
而缪斯啊！请把过去遗忘。

* * *

那时藏在我心头的感情，
无论什么，都已云散烟消：
有的变了，有的已无踪影……
安息吧，过往年代的烦恼！
那时候，我好像需要荒野，
需要珍珠般起伏的地界，

---

① 密茨凯维支(1798—1855)，波兰诗人。
② 吉普里达，这里指启明星，即金星。

需要群山和海洋的喧嚷，
和一位理想的骄傲姑娘
和那些不知来由的苦难……
如今岁月已改，魂梦更替，
你们啊，也已经一一平息，
我的青春的高翔的梦幻，
我已经把许许多多的水，
羼进了我的诗歌的酒杯。

  * * *

如今我需要另一些画面，
我爱一片铺沙的山坡地，
两株山梨树立在茅屋前，
一扇柴扉，和坍塌的樊篱，
天空中是淡灰色的浮云，
几堆干草垛堵住谷仓门——
浓密的树阴下一洼池塘，
鸭儿在池中自在地徜徉；
如今我爱看醉汉们跳舞①，
看他们酒店前跳个不停，
爱听那伴奏的三弦琴声。
如今我真想有一位主妇，
我的希望：日子过得安逸，
一盆菜汤和自己管自己。

  * * *

前两天连绵不断的阴雨，
我顺路走进牲口的院落……

---

① 原文为"跳特列·巴矢舞"，一种乌克兰民间舞蹈。

呸！这些散文味儿的梦呓，
佛兰德斯派①杂乱的胡说！
我是这样吗，在青春华年？
啊，巴赫奇萨拉伊的喷泉！
是你那不绝的湍湍声响，
在我心头勾起这些思想？
默默地站立在你的面前，
心中想象着我的莎莱玛②，
那些大厅是荒凉而奢华……
在我之后，过了整整三年，
奥涅金也在这一带飘泊，
那时候，他曾经想到过我。

  *   *   *

那时我在蒙尘的敖德萨……
而那里经常有晴朗天空，
那里条条大船扬帆出发，
那里的贸易繁忙而兴隆；
处处像欧洲，是欧洲气派，
一切闪烁着南国的光彩，
到处是五光十色的画面。
金子般清脆，意大利语言
在愉快的街头充耳可闻，
有斯拉夫人③，有来自希腊、
亚美尼亚、法兰西、西班牙，
还有笨重的摩尔达维亚人，

---

① 佛兰德斯派，文艺复兴以后欧洲的一个画派。
② 莎莱玛，普希金的长诗《巴赫奇萨拉伊的喷泉》的女主人公之一。
③ 原文为"有骄傲的斯拉夫人"。

还有埃及的儿子摩拉里①,
退隐的海盗,都在这聚集。

　　　＊　　＊　　＊

杜曼斯基②,他,我们的友人,
用铿锵诗句写过敖德萨,
然而,他是用偏颇的眼睛
在那时对它进行了观察。
一下车,便以诗人的派头,
拿起了望远镜出外漫游,
一个人去海边立了一立——
然后使用他生花的妙笔,
来把敖德萨的花园颂扬。
一切都不错;却有个问题:
那儿四边是光秃的草地,
仅仅不久前,在有些地方,
用劳力强迫幼嫩的枝丫
交出点阴影,在烈日之下。

　　　＊　　＊　　＊

不过,我扯到了什么地方?
噢,我说到蒙尘的敖德萨。
不妨说:敖德萨非常肮脏——
就这样,真的,也不算谎话。
敖德萨每年五六个星期,
按照狂暴的宙斯的心意,
用堤坝堵住,被洪水包围,

---

① 摩拉里,普希金在敖德萨常和一个来历不明的阿拉伯人来往,据说此人曾经做过海盗,就是这里所说的摩拉里。
② 杜曼斯基,普希金在沃隆佐夫手下供职时的同僚,写过一首题为《敖德萨》的诗。

陷在了深深的泥泞之内。
房舍沾上一尺深的烂泥，
行人只有踩上一副高跷
才能踏进浅滩，走上街道；
轿车、人，被淹没，陷在泥里，
公牛代替了瘦弱的役马，
套在车上，累得犄角朝下。

   * * *

然而铁锤已在砸碎石块，
这城市将很快获得拯救，
将会铺出响亮的马路来，
如同披上那铁铸的甲胄。
不过，在这潮湿的敖德萨
还有一个缺点仍很重大，
请你们想一想是什么？——水。
沉重的劳动在为它耗费……
这算得什么？不大的悲哀，
特别这时候，当各色美酒
可不必纳税地任意进口。
而那南方的太阳，而大海……
朋友，有什么更好的可想？
真是个幸福美好的地方！

   * * *

当轮船为通报黎明来临，
刚刚鸣过它隆隆的大炮，
往往我已出发走向海滨，
从峻峭的岸上向下奔跑。
然后，咸水使我精神抖擞，

我燃起一只烧红的烟斗,
像回教徒在他的天国内,
以东方的浓度喝杯咖啡。
然后我去街头溜达一圈,
殷勤的 Casino① 已经开门,
传出了杯盘碗盏的声音;
睡眼惺忪的台球记分员
拿扫帚走上阳台,大门边
谈生意的已经开始会面。

　　　＊　　＊　　＊

瞧呀,五光十色、熙熙攘攘,
广场上活跃了,这边,那边,
有事的没事的都在奔忙,
不过多数人还有事可干。
长于计算和冒险的商人,
这时也出了门,走向海滨,
远远地瞭望船上的旗幡,
盼老天送来熟悉的船帆。
看看是哪些新运到的货,
遭到了检疫,不能够运走!
盼望中的酒桶运到没有?
瘟疫情况如何? 哪里失火?
看有没有关于饥荒、战争,
和诸如此类的新闻可听?

　　　＊　　＊　　＊

而我们,无忧无虑的孩子,

---

① 意大利语:俱乐部。

也挤在劳顿的商人堆里，
我们所等候的不过只是
君士坦丁堡的新鲜牡蛎。
牡蛎怎样？运到了！噢，真好！
馋嘴的年轻人飞快奔跑，
去剥开贝壳大口地吞吃
一只只鲜嫩肥美的隐士，
并且用柠檬汁略微一喷。
吵闹、争论——一瓶瓶的淡酒
从地下室送到餐厅桌头，
奥顿酒家①待客一向殷勤；
时间在飞，而吓人的酒账
也不知不觉在一同增长。

　　＊　　＊　　＊

而蓝色的黄昏已经消逝，
快赶时间去看歌剧好戏，
欧洲的骄子和俄耳甫斯②——
那位令人迷醉的罗西尼③。
他从不理会严厉的评论，
他永远是他，也永远清新，
他使歌声不断倾流而出，
歌声沸腾、奔泻，如火如荼，
好似一次次年轻的香吻，
一切在欢乐，燃烧着爱火，

---

① 奥顿酒家，当时敖德萨一家著名餐馆。
② 俄耳甫斯，希腊神话中的一个伟大歌手，善弹竖琴。他的琴声可使猛兽俯首，顽石点头。
③ 罗西尼(1792—1866)，意大利作曲家。

好似阿逸酒咝咝的泡沫,
金色的琼浆在飞溅、翻滚……
然而,诸位,你们是否同意
我拿 do—re—mi—sol① 和酒比拟?

   *　　*　　*

但是何止音乐把人迷住?
忘了四处搜索的观剧镜?
忘了 Prima donna② 和那芭蕾舞?
忘了怎样去后台会情人?
还有年轻美貌的商人妇
稳坐包厢内,簇拥着奴仆,
闪烁着光彩,矜持地昏睡,
难道这景象不令你陶醉?
对那些半带阿谀的笑谈,
对独唱、向她提出的恳请,
她都是一副淡漠的神情……
而丈夫——正在她背后打鼾,
梦中大叫:好哇,再来一个!
打个呵欠——重又鼾声大作。

   *　　*　　*

终场曲响,大厅渐渐变空,
人声嘈杂,观众匆匆走散;
人群正奔跑在广场当中,
凭着路灯和那星光点点,
幸福的阿梭尼亚③的子孙,

---

① do—re—mi—sol,音阶中的 1、2、3、5 四个音。这里借指歌曲。
② 意大利语:女主角。
③ 阿梭尼亚,意大利的一个古地名,这里泛指意大利。

轻快地哼出活泼的歌声,
他们能自然地记住调子,
我们却只会吼几句台词,
不早了。敖德萨已经入梦,
沉默的夜晚已悄无声息,
而且温暖。月亮已经升起,
透明的轻幔笼罩着天空。
万籁俱寂了,沉默而宁静,
只听见大海的阵阵喧声……

   ＊ ＊ ＊

就这样,我那时在敖德萨……

第十章①

一②

一个怯懦而狡猾的国君，
纨绔的秃子，劳动的仇敌，
意外地获得荣誉的垂青，
那时，是君临我们的皇帝。

二③

他曾非常驯服，我们知道，
那是波拿巴④营帐中的事，
那时，双头鹰⑤被拔光了毛，
动手的不是我们的厨师。

三

一八一二年的风暴来到——
谁此时帮我们战胜强敌？

---

① 这一章只留下一些片断和未完成的草稿。普希金遗稿中留有一张1830年前后写下的纸条。纸条上写着："10月19日烧毁第十支歌。"
② 写俄皇亚历山大一世(1801—1825年在位)。
③ 写1805和1806—1807年俄国受到挫折的俄法之战。
④ 波拿巴，拿破仑的姓。
⑤ 双头鹰，俄国的帝徽图案，这里指俄国。

是人民不可遏止的怒潮，
巴克莱①，冬天，俄国的上帝②？

四

还是上帝保佑——怨声渐减，
不久以后，由于大势所趋，
我们悄悄地在巴黎出现，
由沙皇领导别国的君主。
....

五

人愈是肥胖，就愈有分量；
我的笨重的俄罗斯人民，
说呀，为何你们在事实上
....

六③

或许，啊，这个民间口头禅，
为了你，我真想写诗赞扬，

---

① 巴克莱，俄国将领。
② 俄国的上帝，当时俄国诗文中惯用的一个名词，代表当时一种拥护反动政权的"官方爱国主义"思想。
③ 本节谈到多尔戈鲁科夫公爵以颂诗形式写下的一首诗《或许》。普希金根据《圣经》的典故把"或许"称作"民间的口头禅"（原文是："希波列"）。犹太人在打仗时彼此间凭当时的民间口头禅"希波列"（意为"麦穗"）这个字音互相辨识。作家是想表示，"或许"这个字眼已经是一种俄罗斯民族的标帜了。紧接着在下一节时，作家便利用"或许"说出了一些他希望但最近又不可能在俄国实现的事情。

然而,有人抢在我的前面!
他是位出身显贵的诗匠。
……………

阿尔庇翁他得到了大海。
……………

七

或许,伪君子①忘了把租收,
自己跑去住进了修道院,
或许,尼古拉挥挥他的手,
西伯利亚便返回了家园,②
……………
或许,会给我们把路修好
……………

八③

命运的主宰,好战的浪子,
皇帝们曾在他面前低头,
这位教皇曾加冕的骑士,
像朝露的影子,悄悄溜走。
……………
寂静的惩罚正在折磨他

---

① 伪君子,一般认为是指亚历山大一世的教育部长,笃信宗教的戈里曾。
② 这两行诗是写对十二月党人的大赦。
③ 这一节诗曾被改动后移入《英雄》这篇短诗中,因此,也可以推想以下这几行诗可能最初包括在这一节中:"受尽英雄美名的嘲笑,他一动不动地死去,盖上一件征战的披风。"这一节诗是写拿破仑的晚年。

....

九①

比里牛斯震动,气势威武,
那波利的火山不停喷燃,
断臂公爵②已从基希涅夫
对莫雷亚③朋友挤眉弄眼。

....

短剑 Л……阴影 Б④

....

十

"我要率臣民压服一切人,"
我们的沙皇在议会上说,⑤

....

至于你,是什么都不在乎

....

你啊你,亚历山大的奴才⑥。

....

---

① 本节写19世纪20年代初期欧洲的革命运动(西班牙革命、那坡利革命、希腊起义等)。
② 断臂公爵,指亚历山大·伊普西兰蒂,希腊革命领袖,1813年在德累斯顿城下参加俄国反拿破仑的战役时失去手臂。
③ 莫雷亚,希腊南部的半岛。
④ Л、Б,表示两个很难判定其含义的代号。
⑤ 这里写亚历山大一世晚年在组织神圣同盟时以欧洲宪兵自居的狂妄丑态。
⑥ 亚历山大的奴才,指当时俄国的军政部长阿拉克切耶夫。

十一

彼得巨人的少年近卫团①
已经变成了胡子老卫兵,
在一伙凶残的屠夫面前,
他们曾出卖过一个暴君。
....

十二②

俄罗斯重新又驯服听话,
沙皇巡游得比以往更勤,
而另一堆火焰上的火花,
或许早在很久之前已经
....

十三

他们经常有自己的聚会,
他们用饮茶的大杯喝酒,
他们喝伏特加用小酒杯,
....

---

① 这里说的是谢苗诺夫近卫军团,是由彼得大帝幼时一同做打仗游戏的同伴们长大后作为骨干组成的。后来彼得的孙子巴威尔一世被贵族刺杀,就是这些近卫军受贿干的。
② 本节至第十四节显然是描写"救国同盟"、"幸福同盟"等革命组织活动的情况。

十四

属于这一个家族的成员,
全都是著名的口齿锋利,
在不安的尼基塔①家会面。
也在谨慎的伊里亚家里。

十五

玛尔斯②、酒神、爱神③的朋友,
卢宁④在会上大胆地建议,
要大家采纳坚决的步骤,
他并且兴奋地喃喃自语。
普希金朗诵了圣诞节歌,
雅库什金⑤一向郁郁不乐,
这时好像在悄悄往外抽
他那柄行刺沙皇的匕首。
跛子屠格涅夫⑥倾听发言,
他眼中只有俄罗斯,世上
他珍爱的是俄罗斯理想,
他憎恨奴隶制度的皮鞭,
他预见到这群贵族当中

---

① 尼基塔,即穆拉维约夫,下一行中的伊里亚即多尔戈鲁科夫,两人都是十二月党人,属北社。
② 玛尔斯,罗马神话中的战神,希腊神话中名阿瑞斯。
③ 酒神、爱神,原文分别为"巴克科斯"、"维纳斯",希腊神话中的酒神、罗马神话中的爱与美之神。
④ 卢宁,十二月党人,属北社。
⑤ 雅库什金,十二月党人,属北社。
⑥ 屠格涅夫(Н•И•屠格涅夫),十二月党人,属北社。

将出现解放农民的英雄。

十六①

这里是冰封的涅瓦河滨,
而那边,春天更早的地方,
浓荫覆盖的卡曼加山顶,
在杜尔钦的层层峰峦上,
在第聂伯河的冲积平原
和布卡河茫茫草滩中间,
维特根什泰因管的地方,
发生的事情却不是这样。
那儿别斯捷里招兵买马,
聚集了……队伍来对付暴君,
还有另一位冷静的将军②,
穆拉维约夫③来说服了他,
于是他充满力量和勇气,
在加速促成爆发的时机。

十七④

在拉菲特和克里科之间⑤
他们进行着秘密的议论,

---

① 本节描写南俄军队总司令维特根什泰因辖区的革命情绪。杜尔钦、卡曼加是十二月党人南社的领导中心。
② 冷静的将军,指尤什涅夫斯基,维特根什泰因手下的将领,南社成员之一。
③ 穆拉维约夫,全名谢尔盖·穆拉维约夫-阿波斯多尔,南社领袖。
④ 显然作家是要从本节起转入叙述1825年的事件,这以前的各节都是叙述十二月起义前的准备阶段,接下去当是直接描写起义。
⑤ 拉菲特、克里科,都是法国香槟酒名。

最初只是朋友间的争辩,
还没让这种反叛的学问
深深地扎进他们的心坎,
都还只是烦闷时的消遣,
年轻的头脑是无事可做,
成年的淘气鬼借此作乐,
仿佛……………………
一环套一环……………
而逐渐,用一张秘密的网
俄罗斯…………………
我们的沙皇他在打瞌睡……

《叶甫盖尼·奥涅金》别稿

第一章

1825年出版第一章时有这样一篇前言：
这是一部大概不会写完的大部头诗作的开首部分。

《叶甫盖尼·奥涅金》中的几段，或者说几章，已经写成。

这些在顺利环境影响下写出的章节，略略带有《鲁斯兰与柳德米拉》的作者在他最初几部作品中所表现的愉快色调。

第一章是个完整的东西。其中写1819年末彼得堡年轻人的社交生活，有点像是阴沉的拜伦所写的那部戏谑作品《别波》。

有远见的批评家当然会察觉到作品结构上的缺陷。每个人在他读完一部作品的第一章后，都可以随意对整部小说的结构发表意见。人们会指责主人公的非诗的性格，他令人联想到《高加索的俘虏》，也会指责其中几个以当代哀歌的沉闷调子写出的诗节（在这类哀歌中，忧郁的情感吞没其他一切[②]）。但是，也请容许我们有幸提醒读者注意几个一般讽刺作家笔下所罕有的优点，那就是：没有令人感到侮辱的人物个性，以及在作诙谐性风习描写时保持了严格的体统。

在手稿中，这篇前言的最后一段是这样：
出版人的身份不允许我们对这部新作有所褒贬。我们的意见

[①] 这是苏联普希金研究家们在俄国学者长期研究的基础上，又对作家遗稿和历次版本进行科学整理、分析和研究之后得出的一份资料，对于研究《叶甫盖尼·奥涅金》有重要参考价值。原本作为附录刊印在苏联科学院10卷本全集的第5卷中。
[②] 这是丘赫尔别凯的话。

可能是偏颇的,然而,也请容许我们有幸提醒最尊贵的读者和办杂志的先生们注意一种对于讽刺作家尚属新鲜的优点,那就是:在作诙谐性风习描写时保持了严格的体统。尤维纳尔、加图尔、彼特龙、伏尔泰和拜伦等人对读者和女性尊重不足的情况是远非罕见的。据说我们的女士们已经开始用俄文读书了。我们大胆地把这部作品向她们推荐,这儿,在一层讽刺性的愉快的薄薄罩衣下,她们将会发现许多对生活的忠实而诱人的观察。

还有一种几乎是同样重要的优点,它给我们的作者所赋有的由衷的温良性格带来不少荣誉,那就是:完全没有令人感到侮辱的人物个性。要知道,不能把这一点全都归因于我们检查制度的严父般的警惕性,虽然这种制度是我们社会道德和国家安宁的维护者,它如此用心备至地捍卫着公民们,使他们免受好心的诽谤和讽刺的轻佻攻击。

第八节　这一节有一段注释:

有人认为奥维德好像是被放逐在今日的阿凯尔曼,这种意见毫无根据。在哀歌集《*Ex Ponto*》①中,他曾明明指出他所居留过的地方多梅城是紧靠多瑙河口的。伏尔泰有种意见是同样地不公正,他认为他被放逐的原因是曾经暗中倾心于奥古斯都大帝的女儿尤丽亚。奥维德当时已年近五十,而淫乱的尤丽亚十年前就被她好猜忌的父母亲赶出家门了。其他一些学者们的猜测也都只是猜测而已。诗人忠于自己的诺言,他的秘密已随他一同死去:

Alterius facti culpa silenda mihi.②

作者注

第九节　誊清的手稿中是:

　　衷情很早便折磨着我们。
　　恋爱——那诱惑人心的欺罔,

---

① 拉丁语:《寄自庞图斯》。
② 拉丁语:关于我的另一项罪过,我理当沉默。

> 我们学会它,不是靠天性,
> 是靠斯太尔,夏多布里昂。
> 我们想尽早地了解人生,
> 我们从小说中了解真情,
> 我们了解到了一切,不过
> 我们并未得到任何享乐。
> 预先听见了自然的声音,
> 我们只给幸福带来磨难,
> 迟迟地、迟迟地在它后边
> 才飞来我们年轻的热情。
> 对此奥涅金有亲身经历,
> 于是他对女人十分熟悉。

第二十四节 这一节之后原有这样几行:
> 我们当时,在整个欧罗巴,
> 在有教养的人士们中间,
> 每天修修娇养的手指甲,
> 并不认为这是一种负担。
> 而今——军官们和宫廷要人,
> 花言巧语的外交官先生,
> 诗人以及冲动的自由党
> 都准备……………………

第二十六节 第一版中对这一节有一段注释:

未免可惜的是,我们的作家们把《俄国科学院大辞典》翻查得太少。这部辞典将成为叶卡捷琳娜女皇的关切心意和罗蒙诺索夫的后继者们,那些祖国语言的严格而忠实的保护人的启蒙工作所留下的永恒纪念。请听卡拉姆津在他的演说中是怎样讲的吧:

"俄国科学院用这部著作标志了它存在的最初开端,这是一部对于语言说来极为重要的著作,它是作家们所必需,也是任何一个想要明确表达思想、想要了解自己和别人的人所必需。有一些事件使俄罗斯在明察的异邦人士心中引起惊奇,科学院出版这部详尽的辞典这件事就属于这一类:我们的无疑是幸福的命运在各个方面都表现为一种异乎寻常的速度:我们的成熟不需要几个世纪,而只需要几十年。意大利、法兰西、英吉利、德意志,在他们早已有了许多知名的伟大作家时,还不曾有一部辞典;我们也曾有过许多宗教的、神学的典籍,有过许多诗人、作家,但却只有过一个真正的经典作家(罗蒙诺索夫)而我们却已经提出一种语言体系,它可以和佛罗伦萨科学院以及巴黎科学院的各种名著相提并论。伟大的叶卡捷琳娜……在这亚历山大一世最繁荣的时代中,我们哪个人提起她的名字能不充满深刻的爱和感激心情呢?……叶卡捷琳娜爱俄国的荣誉,认为这是她自己的荣誉,爱胜利的荣誉,爱理性的和平的荣誉,她以一种赞扬的赏识接受过科学院这部幸运的劳动成果,对于一切应该受到褒奖的和一切对你们,敬爱的先生们,成为难忘的最珍贵的怀念的东西,她都是以这种赏识来作为奖励的。"[①]

作者注

第五十节 第一版中对这节有如下的注释:

作者从母亲方面说是非洲血统,外曾祖父阿布拉姆·彼得罗维奇·安尼巴8岁时被人从非洲海岸劫走,运到君士坦丁诺波里。俄国大使买下他,献给了彼得大帝,彼得大帝在维尔纳给他施了洗。他哥哥跟踪来到君士坦丁诺波里,后来又到彼得堡来,要求为他赎身;可是彼得一世不同意他的教子回去。直到高龄的晚年,安尼巴还能记得非洲,记得他父亲的奢侈生活和他的十九个兄弟,其中他是最小的一个;记得人们怎样带他们去见父亲,每个孩子都把手背绑着,只是他一个人没有绑,记得他在父亲住宅的喷泉下游水玩;还记得他可爱的姐姐拉乾,当他被乘船运走的时候,她曾经远远地游泳跟在船后面。

---

① 引自卡拉姆津1818年12月5日在俄国科学院大会上的讲演。

18岁上,皇帝把安尼巴派往法国,他在那边的摄政王①军队中开始服役,回到俄国时,他带着一颗受过伤的头和法国陆军中尉的军衔,从此便没有离开过皇帝身边。安娜统治时期,安尼巴作为庇隆的私敌,被用堂皇的借口派到西伯利亚去了。荒无人迹的西伯利亚和当地严酷的气候让他感到烦躁,他便自作主张回到彼得堡,去找他的朋友米辛赫。米辛赫大吃一惊,劝他立刻躲藏起来。安尼巴便去远远地躲在自己领地上,整个安娜统治时期一直住在那里,而人们还以为他是在西伯利亚供职呢。伊丽莎白女皇登基后恩赦了他。阿·彼·安尼巴直到叶卡捷琳娜统治时期才死去,当时他已解除显要职位,仍保持大将军衔,享年92岁。

他的儿子伊·阿·安尼巴中将无疑是叶卡捷琳娜时代最杰出的人物之一(死于1800年)。

在俄国,对于杰出人物的纪念是消失得很快的,由于历史记载的缺乏,安尼巴奇特的一生只是根据家族的传说才被人知道。我们正期望能在将来出版他完整的传记。

作者注

第二章

第九节之后,誊清的手稿中是:

十

> 不歌唱卑鄙的赛尔西们,
> 不歌唱罪恶的寻欢作乐,
> 他厌恶以他心爱的竖琴,
> 去玷污人间的风俗道德;

---

① 摄政王,即奥尔良公爵,当时替法国国王路易十五摄政。

他一心崇拜真正的幸福，
他不把可耻的喜悦流露，
又同时颂扬情欲的罗网，
像那种人，一副贪婪心肠，
失身于害人不浅的迷盲，
失身于渺小可怜的情感，
心头堆积着自己的苦难，
仍追求昔日的享乐景象，
并且还用那害人的歌声，
疯狂地对世界宣扬它们。

十一

爱好盲目享乐的歌手们，
何必把幸福日子的印象，
用动人哀歌唱给我们听？
这只不过又是徒劳一场，
那年轻的姑娘，她又何必
倾听你竖琴的甜蜜声息，
用柔情的目光对你凝望，
欲言又止。也是徒劳一场。
那轻浮的年轻的一群人，
满斟着美酒，头戴着花环。
在宴席上想起你的诗篇，
或贴近羞涩姑娘的耳根，
抑止住胆怯，吟这些诗行，
然而这也只是徒劳一场。

十二

不幸的人们啊,你们想想,
你们干下的是什么事情:
用一些空洞的话语、音响,
散播着伤风败俗的罪行。
将来临到帕拉斯的审判①,
不会给你们奖赏和花冠,
不过我自己却也很知道
含笑的泪对你们很重要。
你们为女人的光荣而生,
人们的议论你们不理睬——
你们可怜……你们也很可爱,
骄傲的连斯基不像你们;
母亲当然会让她的闺女
去诵读他所写下的诗句。

原稿中末一节有一个注释:

La mère en prescrira Lalecture a sa fille.

          Piron. ②

这句诗已经成为谚语了。我们发现,庇隆(除开他的《密特罗玛尼》)只在那些即使稍稍提到也难不伤大雅的作品中才是好的。

  还有一节诗是和上列几节连在一起的,只见于草稿:

然而,这是个善良的青年,

---

① 希腊神话中的雅典娜女神,城市、科学和一切文明的保护神。她曾经主持过神话中著名的那次俄瑞斯忒斯与复仇女神纠纷的审判。
② 法语:母亲吩咐女儿去读它们。——庇隆。庇隆这一行诗出自他的《密特罗玛尼》(1738)第三幕第七场。这句话确已成为谚语,常被一些宣扬高尚道德的作品所引用。

他正打算建立丰功伟绩，
他不会写些邪恶的诗篇，
严肃的骄傲驻在他心里，
而这规矩人正受尽磨难，
谎言给他套上一条锁链，
在自己的…………牢房，
手持明灯，黑暗中闪着光，
尽管四周是荒漠般寂闃，
哨音不会牵动他的目光，
纯洁的手不在牢房墙上
涂写下你的自由的诗句，
作为无言的悲哀的祝福，
献给那未来年代的囚徒。

第十四节誊清的手稿中这节诗的结尾是：

自我牺牲说来真是滑稽。
对一个十六岁的少年人，
高涨的热情还可以原谅；
诗人才会这样热情高涨，
或有人想对轻信的人群
表现一下他自己的技艺。
而我们算什么？……我的上帝！

下面接着是：

叶甫盖尼不如他人厉害，
他只不过是不喜爱众人，
他认为，并不需要由他来
任意地左右那社会舆论，
他不把朋友向侦探告密，
虽然他想，什么善良、法制，
什么爱祖国和什么人权——

　　　　只不过是些有限的字眼。
　　　　他知道把什么称作必然,
　　　　因此即使一瞬间的安静
　　　　也不放弃,不管为任何人,
　　　　不过,他尊重别人的果断,
　　　　和众目所向的美丽光荣,
　　　　尊重天才和公正的心胸。
第十六节之后曾有这样几行:
　　　　有时候他们之间的谈心
　　　　也会由一些严肃的话题
　　　　转而扯到了俄国的诗人。
　　　　弗拉基米尔会叹一口气,
　　　　垂下眼睛,静听叶甫盖尼
　　　　把我们受人推崇的书籍,
　　　　把那些值得……夸奖的作品,
　　　　怎样恶毒地攻击个不停。
第十七节誊清的手稿中第四—十四行原是:
　　　　叶甫盖尼也谈这些话题,
　　　　就像谈到变了心的友人,
　　　　他们已沉入坟墓的梦境,
　　　　人世上没有他们的踪迹,
　　　　不过,有时会从他的嘴里
　　　　透露出一些同样的音响,
　　　　同样深沉的奇特的呻吟,
　　　　连斯基听到了这种声音,
　　　　像见到不息的痛苦征象,
　　　　的确如此:这是一种感情,
　　　　他白费气力去掩饰它们。
同一页手稿上,这几行诗后边,还有三个诗节:
　　　　在他受尽折磨的胸腔里,

有哪一种情感不曾沸腾?
毋需多久,它们就会平息。
而等着瞧,它们终将苏醒。
幸运啊,经受情感的波澜
和甜美,在其中陶醉滚翻,
最后终于能甩开了它们,
幸运啊,根本不知道爱情,
还会用别离来冷淡热爱,
也会用咒骂来排遣仇怨。
宁可陪朋友、老婆打呵欠,
而不被忌妒的痛苦伤害。
至于我呢——那热情的火焰
我也多少曾尝到过一点。　　(一)

赌博狂!自由的赠礼也罢,
无论福玻斯,或光荣、酒宴,
在过往的年代里都无法
把我引开,不让我去赌钱,
聚精会神,从黑夜到天亮,
在那些年里,我总是这样
随时准备祈求命运指点:
杰克①是不是会落在右边?
已经响过了弥撒的钟声,
庄家拥着那散乱的纸牌,
他已经累得都睁不开眼,
我皱着眉,苍白却有精神,
闭着我的眼睛、希望满怀,

---

① 杰克,扑克牌中的第十一张J。

把第三张爱司①摊在桌面。　　（二）

而今，我，谦卑的退隐的人，
即使那卢杰已被我看出，②
对吝啬的幻想失去信任，
不对未知的牌押下赌注；
我把赌债丢向一边不管，
阿丹捷——这个祸害的字眼，③
我也不再老是挂在嘴上——
我把诗韵也早忘得精光。
有什么可干？在我们中间——
这一切东西我都已厌弃。
过几天，我要写无韵诗句，
朋友，写一点来作作试验，
不过 quinze et le va 这个东西④
对于我仍拥有很大权力⑤。　　（三）

第二十一节最初这节诗的结尾几行是：

于是弗拉基米尔已习惯
把奥尔加当自己的情侣，
很小时，不见她便感孤寂，
心爱的奥尔加不在身边

---

① 爱司，扑克牌中的第一或第十四张 A。
② 旧日欧洲赌牌时的一种行话，指某张屡次赢钱的牌。原文为"恐怖的卢杰"。
③ 也是欧洲赌场的行话，源于法文的 attendez(等一等)，意为：别押多了，等等再看。
④ 法语。正确的写法应为 quinze et le va 读作"昆赛里瓦"——也是旧日欧洲赌场的行话，意为比原来大十六倍的赌注。
⑤ 描写赌博的这几节，普希金曾打算把它们修改后用于奥涅金身上。"赌博狂！……"这一节的第三、四行，普希金曾这样修改过："在那些过往的年代里都无力拉住奥涅金不让他去赌钱。"第六行也改为："在那些年里，他总是这样。"第十二行也改为："他皱着眉头，苍白有精神。"

他便到青草地百花丛里
　　埋着头去寻找她的足迹。
这节以后，手稿中还有两节：
　　那一位是谁呀，她的眼睛
　　不须做作便能把他迷住，
　　他日日夜夜地对这个人
　　把心头的思虑一一托出？
　　这是他穷邻居的小姑娘。
　　远离城市中有害的游逛，
　　她浑身弥漫天真的美丽，
　　她在自己双亲的眼睛里
　　似一朵偷偷开放的铃兰，
　　隐藏在茂密的草丛当中，
　　瞒过蝴蝶，也瞒过了蜜蜂；
　　小花啊，也许致命的草镰
　　将轻轻一挥，便把它砍伤，
　　还不等露珠洒在它脸上。　　（一）

　　英国种族的那一位傻瓜，
　　法国籍贯的任性女教师——
　　按俄国时髦风习的律法！
　　一个也少不了，直到今日——
　　都没糟蹋可爱的奥尔加，①
　　只有那一个法捷耶芙娜
　　用双老手摇她催她安睡，
　　是她每天给她铺床叠被，

---

① 第二十一节之后的这些诗节中最后一节(英国种族的那一位傻瓜……)，普希金曾打算把它用于达吉雅娜，因此这一行曾打算写成："没糟蹋可爱的达吉雅娜"等等。

是她给她以亲切的照护,
　　给她讲波瓦王子的故事,
　　替她梳理她鬈发的金丝,
　　甚至——天晓得——还教她读书,
　　清晨便给她倒一杯热茶
　　有意无意地在娇惯着她。

第四十节手稿中这节之后还有收尾的一节：
　　然而,这样一种命运,也许,
　　还要一百倍地可靠真实:
　　残缺不全,沾满灰尘、泥污,
　　我的这篇没讲完的故事
　　被女仆抛出更衣室小门,
　　在过道结束可耻的一生,
　　如同一本去年的日历书,
　　或一本破烂的启蒙读物。
　　这有啥:在客厅或过道内,
　　读者都一样无知和愚蠢,
　　对于书,他们是权利均等,
　　我非第一位,也非末一位,
　　听到他们对自己的评判——
　　既嫉妒,又挑剔,而且短见。

第三章

　　第五节这节之后,草稿中接下去的几行诗预示着事态的另一种发展:
　　我们的奥涅金躺在床上,
　　他两只眼睛正阅读拜伦,
　　然而全部黄昏时的冥想,

在心头向达吉雅娜献呈。
清晨他醒得比黎明还早,
达吉雅娜依然充满头脑。
他想到了一件新鲜事情——
难道说我对她动了爱心?
说真的,要这样,倒是挺美,
我应该为这个感谢自己;
你瞧着吧——于是他便立即
决定认真地去拜访几回,
去得愈勤愈好——哪怕每天,
反正他们有空,我不偷懒。
决定了,叶甫盖尼便马上
像连斯基似的……………
………………

奥涅金他已经确确实实
爱上了………………

第十节这节之后手稿中是:

十一

唉!朋友们!年代一闪而过——
轻浮的时髦也一闪一闪
随年代一起,一个接一个,
花样翻新地在交替更换。
自然界一切都变幻不停;
点痣和撑骨裙一度时兴,
高利贷商人和宫廷阔少
也都戴过那扑粉的发罩;
经常,温柔的可爱的诗人,

为荣耀、夸奖的希望所迫，
　　便去钻研那精致的情歌，
　　或是那机智的讽刺作品，
　　往常，英勇而善战的大官
　　身居要职，但却只字不辨。

第十八节手稿中对这节有一段注释：

有人问一位老太婆：老妈妈，你嫁人的时候害怕不害怕呀？——害怕呀，亲爱的——她回答说：——管家和地保还说要把我打个半死呢。——早先结婚也像打官司一样徇私舞弊。

第二十一节手稿中这节之后还有一节：

　　要为达吉雅娜辩白一下，
　　现在我应该说有了空闲——
　　嫉妒的讲时髦的批评家，
　　我早看出，会来大肆责难；
　　难道善思索的达吉雅娜，
　　她不能在事先考虑一下
　　那历来待人处世的条规？
　　再说，诗人也描写得不对，
　　难道说，只是头一次见面，
　　她就可能爱上了奥涅金，
　　什么东西让她一见倾心？
　　他有哪些思想，哪些言谈，
　　能这样突然地把她吸引？
　　别忙，朋友，我来跟你争论。

第二十三节之后，最初写的是：

　　然而你们，出名的荡妇们，
　　我爱你们——虽然这是罪过。
　　你们把做作的微笑、殷勤，
　　对每个人都去随意散播，

都送去你们讨好的眼神，
并且还不妨给他一个吻，
如果他不相信你的言词——
谁愿意，请来吧，定能胜利。
从前，只要你的眼睛一瞟
我就已经感到心满意足，
现在我对你们只有佩服，
冰冷的经验已让我病倒，
我本人随时为你们助威，
但却加倍吃饭，彻夜熟睡。

第二十四节手稿中这节之后还有两节：

你们，你们这些大姑娘们，
你们曾瞒着父母去恋爱，
并且还保存着多情的心，
为希望、甜蜜的享乐、愁怀
和年轻的印象。——这些姑娘，
假若一封信的神秘图章①，
也许，曾要你去偷偷撕开，
从里面取出一封情书来，
或者，你曾羞怯地把鬈发
交在大胆的手里当信物，
你甚至还曾默默地容许，
当他和你伤别的一刹那，
给你个颤栗的爱的亲吻，
含着眼泪，怀着血的沸腾，—— （一）

那么你们就别尽情责难，

---

① 图章，当时的书信都用封缄条封口，条上盖有发信人的图章。

说达吉雅娜她过于轻浮,
　　别把苛刻的法官的判断,
　　不讲情义地一再去重复。
　　你们,无可指责的少女们,
　　对你们,一丝罪恶的痕印
　　今天也像蛇一样地可怕,
　　我也想同样劝你们一下。
　　谁知道呢？那火热的苦痛
　　可能突然烧到你们身边,
　　明天,流言的轻率的评判
　　便会为某位时髦的英雄
　　庆贺他那新获得的胜利,
　　爱神他也一定会向着你。　　（二）

　　第二十六节,最初这一节的后面还有两节。它们被勾掉。其中的部分诗句普希金又移入《奥涅金的纪念册》中。

　　为了外国人的吵吵嚷嚷,
　　我们竟会也狂妄地小看
　　我们祖国的语言的宝藏
　　（权威学者们持这种意见）。
　　我们爱外国缪斯的玩物,
　　爱外国方言的叽里咕噜,
　　而不读我们自己的书刊。
　　我们的书在哪？拿来看看。
　　的确,北国的语言的音响
　　令习惯的听觉感到亲近,
　　是我的斯拉夫气质爱听,
　　它们的音乐使心头忧伤
　　得到平息……可是你这诗人
　　所看重的就是一些声音。　　（一）

>我们从哪最初获得知识，
>又从哪有了最初的思想，
>从哪里我们去经受考试，
>知道大地的命运的史章——
>并非是在生硬的翻译里，
>也不是在老朽的文章里，
>那儿俄国智慧、俄国精神
>成倍地撒谎，说些旧事情。
>我们的诗人都在搞翻译，
>散文没人写。有些杂志上
>堆满着令人作呕的捧场，
>平庸的咒骂。只能够引起
>无聊的呵欠——即使没睡觉。
>俄国的赫利孔①倒是真好！　　（二）

第三十二节第五一十四行原先是：

>已经不早，月亮失去辉光，
>静静的清晨把它的闪亮，
>透过菩提树射进她窗里，
>我们的姑娘她全不在意，
>呆呆地，手肘支撑着面颊，
>床铺……她浑身发烫，
>从她一只优美的肩头上，
>薄薄的衬裙滑落在脚下，
>鬈发垂下来把眼睛遮住，
>眼眶里正滚出一滴泪珠。

以下接着是：

>达尼娅激动地坐在床上，

---

① 赫利孔，希腊神话中缪斯居住的山名。

>   她的呼吸都已几乎停止，
>   她对这封信——的确是这样——
>   不敢重读，不敢写上名字，
>   她想着：人们该怎样议论，
>   于是她便写下了：Т. Л.①

第三十六节手稿中原来是：
>   她的心怎样地跳动不停，
>   仿佛面临灾祸，喘不过气，
>   可能吗？我出了什么事情！
>   我为什么写信，我的上帝！……
>   她不敢抬眼把母亲瞧瞧，
>   时而面色苍白，全身发烧，
>   整天垂着眼睛，沉默不言，
>   几乎哭出来，不停地打颤……
>   奶妈的孙子回来得很晚。
>   他见到了邻居，那一封信
>   他已经亲手交给了本人。
>   邻居怎样呢——他没下马鞍，
>   他把信往衣裳袋里一装——
>   哎，这恋爱总算有个收场！

同一节诗的前五行的另一稿是：
>   奶妈才刚刚走开了不远，
>   仿佛面临着大祸，一颗心
>   在可怜姑娘的胸中打颤。
>   她喊：天哪，出了什么事情！
>   她起床了。不敢对母亲瞧。

---

① Т. Л.，从字面看，似为"达吉雅娜·拉林娜"的缩写，俄文全集编者考证，认为应是"放勇敢点，人们！"

《姑娘们的歌》草稿中原是：
> 杜娘走啊走大道，
> 向上帝祷告。
> 杜娘哭啊大声哭，
> 送爱人上路。
> 爱人动身去他乡。
> 渺渺的远方，
> 你那害人的他乡——
> 真叫我心伤！……
> 他乡尽是好儿郎，
> 和那靓姑娘，
> 丢下年轻轻的我，
> 孤寡受折磨。
> 我还年轻你记住，
> 别叫我嫉妒，
> 眼不见我心惦念，
> 哪怕是顺便。

第四章

这一章的开头几节未列入正文，却单独发表过，刊于1827年10月号的《莫斯科导报》杂志上：

> 女　人
>
> 《叶甫盖尼·奥涅金》片断
>
> 美妙、狡猾又柔弱的女性，
> 在我生命的早年统治我；
> 我一心遵从她们的任性，
> 视若法规，不敢丝毫怠惰。

当我心头的火刚刚燃起，
那时候，女人在我的心里
恰好似一种纯净的神灵。
掌握着人类的智慧、感情，
发射出尽善尽美的光波。
我静静消融在她们面前，
那时候，我把她们的爱怜
看作是不可企及的快乐。
在可爱的脚边活着、死去——
我不再企望更好的事物。

*　　*　　*

突然间我开始恨起她们，
我颤栗着，眼泪抑制不住，
痛苦地、恐怖地开始认清，
她们是恶毒、神秘的造物，
她们那沁人肺腑的视线，
那笑容，那语调，还有言谈——
她们的一切都浸满毒液，
都浸透凶恶险诈的变节，
她们的一切都渴求呻吟，
眼泪都喝足了我的血浆……
突然我看出，如那块石像，
面对皮格马利翁的恳请①，
她们虽仍旧是冰冷、沉默，
但是立即变得热情、活泼。

---

① 皮格马利翁，希腊神话中一位著名的雕刻艺术家，爱上了一座他亲手雕制的美人像，他向爱神祷告，请求给这座雕像以生命，他的至诚感动了爱神，有一天雕像真的活了，从此便与他相伴终生。

* * *

我被允许也来说几句话,
用有预见的诗人①的口吻;
忒弥斯②、达佛涅③和黎列塔——
像是早被我遗忘的梦境。
然而,她们当中还有一个……
我曾经长久被她俘虏过——
而我被爱过吗?被哪个人!
在哪儿,爱得久吗?……这事情
您何必知道?问题不在此!
过去已经过去,都是胡诌,
问题在于,打从这个时候,
我的一颗心早已经僵死,
它已经对爱情关上大门,
那里的一切都空虚阴森。

* * *

我才明白了,女士们本人
由于凭良心估价过自己,
也是泄露了内心的私情,
对我们的表现惊讶不已。
我们欢腾雀跃,随心所欲,
她们却认为是滑稽有趣:
的确,从我们这方面来看,
是无可饶恕的丢丑现眼。

---

① 有预见的诗人,指杰尔维格。接着两行引自他的作品《法尼》。
② 忒弥斯,希腊神话中的正义女神。
③ 达佛涅,希腊神话中的月桂树,它是河神的女儿逃避太阳神阿波罗的求爱而变成的。

我们粗心大意，自作自受，
　　竟会期望她们爱的奖许，
　　竟在痴颠地向爱情呼吁，
　　好像我们竟然可以要求
　　一朵百合花或翩翩粉蝶，
　　也有深情厚谊，爱得热烈！

这四节诗曾长期推敲。第一节之后普希金最初是这样开始的：
　　要不要向你承认，那时间
　　我只把一件事当作享乐，
　　我陷入一种缭乱的迷恋，
　　事后想起来又懊悔不过。

第三节本来写成另一种样子（缺前四行）：
　　然而那个诱惑人的谜团，
　　没偷偷折磨我多少时间……
　　是她们自己帮我来解脱，
　　她们悄悄地把那个字说，
　　这个字人们早记得很熟，
　　并且啊，真是没有一个人
　　不觉得它是可笑的事情。
　　就这样，我拆穿这闷葫芦，
　　我说，这只怪，我的朋友们，
　　我的脑袋竟是这样蠢笨！

第四节后开始的一节与定稿中的本章第八节同。第四节本身有另一种写法：
　　骄傲的时髦人当然可笑——
　　那种人，不倦的福布拉斯，
　　擅长向出名的美人讨好，
　　他使你痛苦是意料中事，
　　可怜那种人，他不耍手段

就把心头的崇高的情感，
　　托付给美丽动人的幻影，
　　白白地给美人作了牺牲，
　　并且，在糟蹋过感情之后，
　　还一心期望着爱的奖许，
　　还如醉如痴向爱情呼吁，
　　好像我们竟然可以要求
　　一朵百合花或翩翩粉蝶，
　　也会有深情，也爱得热烈？

接下去还有几行：
　　幸福者把欢乐与人共享，
　　聪明者独自去体验感情，
　　对令你难以自制的欲望，
　　他却是洁身自爱的主人，
　　他接受时并不倾心入迷，
　　抛开时也不会留恋惋惜，
　　每当那长着翅膀的爱情
　　和…………又重新倾心。
　　………………

这几行以后，又有一节：
　　情欲的骚动不安的烦扰
　　都已经逝去，永不再回头！
　　心灵在无知无觉地睡觉
　　爱情已不再来搅起忧愁，
　　我曾过早地炫耀并欢喜
　　淫乱的肥皂泡样的美丽。
　　是时候了，年轻时的罪行，
　　我该用整个生命来烫平！
　　我的生命的最初的年华，

被谎言戏弄,染上了墨迹,
而诽谤,取笑过我的友谊,
又跑来从一旁在帮助它。
而幸亏盲目的流言评判,
有时候也竟会不推自翻!……

第十七节后面本来还有一节,被作者删去:

然而你啊你——普斯科夫省,
年轻时我享受你的温暖,
这片荒凉地方!有什么人
比你的小姐更惹人讨厌?
她们既没有——我顺便提到——
千金小姐的细致的礼貌,
也没有娼妇的风骚品性。
我,由于尊重俄罗斯精神,
能原谅她们的傲慢、胡说、
尖酸的祖辈相传的笑话,
间或还有不干净的黄牙,
以及那粗野无礼和做作,
但怎能原谅时髦的梦呓,
和他们俗不堪耐的礼仪?

第二十四节第五—十四行曾有另一种写法。从这节诗的初稿看,普希金曾想过就此转向达吉雅娜莫斯科之行,而不写奥涅金和连斯基的决斗:

亲戚们大家都摇头不已,
邻居们彼此间窃窃私议;
是时候了,她已应该出嫁。
母亲也想去找个朋友家,
悄悄地请人出一个主意。
朋友们劝她在今年冬天

全家都动身往莫斯科搬——
　　也许,花花世界的人堆里,
　　能给她找一个求婚的人,
　　比这些更可爱或更走运。

这一节后,最初还草拟过另一节,其中一部分普希金移入第七章第二十七节,其余的部分移入第四章四十节:

　　老太太心里非常地爱听
　　他们的好心好意的劝告,
　　她决定要动身前往京城,
　　只等冬天的脚刚一踏到。
　　天空已经泛起秋的气息,
　　已很少阳光绚丽的天气,
　　（以及其他等等）

接下去原先还有两节:

　　当春风向我们迎面吹佛,
　　天空顷刻间已活跃起来,
　　我喜欢赶快把手伸过去
　　把那防寒的双层窗打开。
　　怀着那一种忧愁的快意,
　　沉醉于早春新凉的嘘吸;
　　然而,在我们这一片地方,
　　春天并不令人心情欢畅,
　　它多的不是花,而是污垢。
　　贪婪的目光在白白搜寻
　　草原的迷人的锦绣图景,
　　湖上也没个吟唱的歌手。
　　没有紫罗兰,踩过的粪堆
　　正布满田野,代替了玫瑰。　　（一）

北国的夏天是什么样子？
是南方冬天的一幅漫画。
一闪即逝，这点尽人皆知，
虽然我们都不肯承认它。
没阴凉、玫瑰、橡树的喧声——
命运只把严寒给予我们，
风雪，头顶是铅灰色苍穹，
四周是光秃的、银色树丛，
旷野上覆盖耀眼的雪层——
橇刃呼啸着滑行在上面，
尽是些阴沉寒冷的夜晚，
帐篷、一阵阵豪放的歌声、
浴室的蒸汽、双层玻璃窗、
长袍、煤烟味儿，还有热炕。　　（二）

第三十六节第一版的第四章中曾经刊印过：

我向更远处把他们寻找，
偷偷地走过树林的射手，
他诅咒着诗歌，打着口哨，
小心地抬起了他的枪头。
每个人都有自己的爱好，
都有他自己心爱的操劳；
有人瞄准鸭子，举起猎枪，
有人胡诌诗句，像我一样，
有人拍打那蛮横的苍蝇，
有人在头脑中统治群众，
有人把快乐放在战争中，
有人缠绵于哀愁的感情，
有人为杯中的美酒入迷：
善恶就这样混淆在一起。

在一本第一版印出的诗中,普希金曾亲手把第八和第九两行改为:

有人写讽刺诗,像我一样,
对杂志上的野鹬们瞄准。

第三十七节的最后两行和第三十八节,手稿中都有:

于是穿好衣服——这类衣衫
你们诸位大概未必肯穿。

* * *

他穿一件俄罗斯的衬衫,
腰带系的是丝织宽绸条,
鞑靼式的上衣敞向两边,
还戴着顶镶遮檐的大帽,
像座死屋,这装束真古怪,①
它是既不庄重,又不正派;
普斯科夫的杜林娜夫人
对他这种服装深感痛心,
米希尼奇可夫也是同道。
叶甫盖尼蔑视这些议论,
或者就根本不知道它们,
他仍然不为向他们讨好,
便去把自己的习惯改变,
因此邻居们觉得他讨厌。

第五章

第三十节最初是以描写达吉雅娜的昏厥结束的:

两个人的祝贺她没听见,

---

① 奥涅金衣着的描写是以作家本人为原型的。他在 1826 年 5 月 27 日写信给维亚泽姆斯基说:"在奥涅金的第四支歌中,我描写了自己的生活。"

泪珠正要涌出她的眼帘；
这时她突然间跌倒在地，
可怜的女孩她昏迷过去，
于是人们马上把她抬出。
一片纷乱，客人窃窃私议，
大家都两眼盯着奥涅金，
好像这全都怪他一个人。

第三十七、三十八两节在这一章的第一版中刊印过：

三十七

描写筵席我并不想屈服，
要和你的灵气比赛一场，
然而我也要慷慨地认输，
在另一点上你确比我强，
你写的暴跳的英雄好汉，
你写的那些不义的争战，
你的吉普里达，宙斯天神，
比起我冷冰冰的奥涅金，
比起我笔下烦闷的田亩，
比起我写的伊斯妥米娜，
比起我们的时髦的教化，
有很多地方都更为可取；
但达吉雅娜（我敢赌咒说）
比你那贱海伦①可爱得多。

---

① 比你那贱海伦，原文为"比你的令人作呕的海伦"。

三十八

这一点谁都没有话可讲,
尽管墨涅拉俄为了海伦
对弗里基①那可怜的地方
惩罚了一百年也没有停。
尽管在普里阿摩斯周围
彼尔加姆②的长老开过会,
望她一眼,便重新决定说,
墨涅拉俄、帕里斯都没错。
至于说到厮杀嘛,我请你
稍微等一会儿再作结论:
劳驾你再去读一读下文;
而不要对开篇过于挑剔,
会有厮杀的,我决不骗人,
我敢用我名誉来作保证。

第四十三节誊清的手稿中是有的。第一版中曾经刊出过,但缺前四行:

如鞭子赶着竞技的母马
在练马场里沿着绳圈跑,
男人赶着姑娘扯扯拉拉,
在乱纷纷、闹嚷嚷地蹦跳。
彼杜什科夫(退职办事员)
那鞋掌和马刺响声不断;
布雅诺夫的一只鞋后跟

---

① 弗里斯,小亚细亚的古国,特洛伊城就在那里。
② 彼尔加姆,特洛伊城的中心城堡,国王普里阿摩斯的宫室就在那里。

把周围的地板震出裂纹，
噼啪、踏脚、哄笑——决不停住：
愈深入树林，愈不缺柴烧；①
现在又轮到年轻人来跳，
纵情跳，只差没跳曲膝舞。
哎呀！你们可要轻点，轻点！
别踩伤太太们的小脚尖！

第六章

第十五、十六两节普希金略去了，在一本别人的手抄本中保存有这两节：②

的确，的确，嫉妒发作这事
真是一种恶病呀，像伤寒，
像黑色忧郁症，像打摆子，
也很像是一种神经错乱。
它能把热病火一样引发，
会引起高烧，让你说胡话，
会造成梦魇和种种幻影。
上帝饶恕吧，我的朋友们！
没有比它更伤人的折磨，
更让人难以忍受的苦刑。
相信我……谁能受得了它们，
那么即使跳进熊熊烈火，

---

① 这里引了一个俄谚，意思是：既然来到舞会上，愈往后愈有好舞可看。
② 根据雅·格洛特提出的材料，又由有关专家对个别明显的错误（记述的错误）作过订正。雅·格洛特又是从沃·伏·奥多耶夫斯基的一个手抄本中抄来的，该抄本已经遗失。现在很难断定这第十六节中所指的人是谁。

即使把头放在刀斧之下，
也一定不会有半点惧怕。

十六

我不想再用无理的责难
去打搅她的墓中的安静；
你啊，你已经离开了人间，
风暴日子里，当我还年轻，
你使我有过可怕的经历，
享受过天堂般甜美瞬息；
像人们教导幼弱的儿童，
你虽曾使柔嫩心灵受窘，
却也教会我深沉的悲哀。
你用欢乐使我血液奔涌，
你使爱情在我血中激动，
并且燃起残酷的妒火来；
已经过去了，这沉重日子，
恼人的幽灵啊，祝你安息！

第三十四节，普希金遗稿中还保存有两节诗的草稿，大概可以放在这里：

勇敢地厮杀这值得夸奖，
勇敢的世纪中谁不勇敢？
都在拼命挣扎、无耻撒谎；
英雄，首先该作为人来看。
感情丰富这是时髦的事，
在北国大地也正是如此。
一当滚烫的火热的霰弹
使朋友的脑袋脱离双肩，

哭吧,战士,别怕羞,哭一场:
连恺撒也曾经哭哭啼啼,①
当听到朋友死去的消息,
并且他自己还受了重伤
(不记得伤得怎样,伤在哪),
他当然不会是一个傻瓜。

   ＊ ＊ ＊

而没受伤也能为他痛哭,
如果这位朋友值得爱惜,
不曾轻率地把我们激怒,
还曾满足过我们的怪癖。
而如果祸害中得利的人,
两手血腥,瞎着两只眼睛,
硝烟烈火中,当着父亲面
把一只突飞的小鸟摧残!
啊,悲哀的一瞬!啊,可怕!
斯特罗甘诺夫②,儿子已死,
他倒下了,只留独自的你,
你竟忘掉了光荣和厮杀,
放弃荣誉,让别人去胜利,
虽然鼓舞他获胜的是你。

   ＊ ＊ ＊

如沉郁的呻吟、阴森、坟墓……
……………………

---

① 这里所写的没有确切的历史根据。
② П·А·斯特罗甘诺夫,俄国将领。1814年初他在对法军作战的时候,突然得到儿子的死讯,便在胜利在望的时候,把军队的领导权交给了沃隆佐夫,以致被后者窃去了这次成功。

第三十八节根据遗存的一份抄本还可以看出,缺结尾两行:
>有益的事他并没做多少,
>还给自己一生灌饱毒素,
>唉,他也能以不朽的荣耀,
>填满那一张报纸的篇幅。
>让人们领教,让同伴上当,
>听着雷鸣般的咒骂、鼓掌,
>他走完威严的人生旅程,
>便可以最终去休息一阵,
>做出副光辉凯旋的样子,
>像库图佐夫①,或像纳尔逊②
>或是像被流放的拿破仑,
>或像雷列耶夫③被人绞死。
>..................
>..................

第七章

第八、九两节出版时被作者略去了,手稿中有:

八

>然而某一天的黄昏时候,

---

① 库图佐夫(1745—1813),俄国军事统帅。1812年大败入侵俄国的拿破仑军队。取得胜利不久后即去世。
② 纳尔逊(1758—1805),英国海军统帅。1805年大败法国、西班牙联合舰队,自己也在海战中阵亡。
③ 雷列耶夫(1795—1826),俄国诗人、革命家。十二月党人的领袖,十二月党人起义失败后被沙皇绞死。

姑娘中的一个来到此处。
似乎有一种沉重的忧愁
正在那扰乱着她的心曲；
仿佛在恐惧波涛里激荡，
对情人的尸骨含泪凝望，
她站立在那儿，低垂着头，
紧捏着她两只颤栗的手；
年轻的骠骑兵恰在这时
急匆匆奔跑着向她追来；
好身段，红脸膛，紧束腰带，
炫耀着两撇浓黑的胡子，
他宽阔的两肩倾向前方，
马刺还发出威武的声响。

九

她朝着这军人望了一望，
他眼中的苦恼燃烧似火，
面色苍白的她，一声长叹，
但却一句话儿也没有说。
默默地，连斯基的未婚妻，
便跟随这个人就此远离，
离开这孤独之地——从今天，
她身影不在山那边出现。
就是这一种淡漠的忘却
正在那坟墓中等待我们。
仇敌、朋友和情人的声音
都将在顷刻间悄然寂灭——
只有继承人的可耻吵嚷

谱成一曲不光彩的合唱。

普希金在略去第九节之后,又把这一节的末几行移入第十一节,第十一节原先的结尾是:

> 至少在这个悲痛的一天,
> 他的为嫉妒所苦的幽灵,
> 决不可能走出他的坟茔,
> 不会在许门珍爱的夜半,
> 用他坟墓中鬼魂的形象
> 来吓唬年轻的新郎新娘。

誊清的手稿中第二十一节以后是关于奥涅金的纪念册的描述,还有从其中抄下的几段记事,这些在出版时被略去:

二十二

> 四周全镶着镀金的银边,
> 装饰得很端正而又美丽,
> 密密麻麻地已经被涂满,
> 到处都是奥涅金的笔迹。
> 在无法辨识的涂抹中间,
> 一些思想、见解隐隐可见,
> 还有人像、姓名、一些数目,
> 和无法了解的代号、字母、
> 片言只字,几页起草的信,
> 总之,是本真诚的记事簿,
> 奥涅金的心灵在此流露,
> 当他还是一个年轻的人。
> 这是幻想和游乐的日记,
> 让我从其中抄几段给你。

奥涅金的纪念册

一

人们不爱我而且毁谤我,
男人圈子里我不被容忍。
姑娘在我面前畏畏缩缩,
太太们瞧我总斜着眼睛。
为什么?——因为我们爱说话,
时常拿说话来代替实行,
荒谬人的荒谬也很伟大,
而愚蠢本来就轻浮、恶狠,
热情的心一时顾及不到,
对于那洁身自爱的渺小
便会去侮辱或取笑一场,
智者爱自由,否则憋得慌。

二

你怕公爵夫人XX瓦娅?
——爱丽莎·K对他们这样讲。
——怕,严肃的NN顶撞她说,
我怕公爵夫人XX瓦娅,
就好像你害怕蜘蛛一样。

三

《古兰经》许多思想很合理,

譬如：每天睡觉前要祷告，
别走到狡猾的歧路上去，
敬神，并且别跟傻瓜争吵。

四

橡树的绿叶，田野的花朵，
高加索溪水中变成顽石。
就这样，躁动、温情的性格
在生活浪涛中也会僵死。

五

六号在B家中。跳舞会上。
大厅里边是那样地空敞；
R. C. 美得像是一个天神：
她的举止，还有她的笑容，
沉郁的眼神自在而轻松，
怎样的欢乐，怎样的心灵！

下面抹掉了两行：

她说过，(nota bene①)
明天她和色里曼纳②相会。

---

① 拉丁语：要注意才对。
② 莫里哀喜剧《恨世者》中的主人公。当时著名女演员科洛索娃常演此剧。参见第一章第十七节注。

六

昨天晚上 R. C. 她对我说：
我很早就希望能看见你。
为什么呢？——人家都告诉我，
说我以后一定会讨厌你。
为什么？——因为尖酸的谈笑，
因为对一切的轻率意见，
因为对一切的刻薄冷眼；
然而这不过是胡说八道。
你可随意把我嘲笑一阵，
但你却不是个可怕的人；
有个简单道理，直到现在
你是否知道？——你善良可爱。

七

为了外国人的嘟嘟囔囔，
我们竟然会狂妄地小看
我们的祖国语言的宝藏，
权威的学者是这种意见。
我们爱外国缪斯的玩物，
爱外国方言的叽里咕噜，
而不读我们自己的书刊。
我们的书在哪？拿来看看。
我们从哪初次获得知识，
从哪里有了最初的思想，
从哪里接受各种的考试，

从哪里知道大地的史章？
并非在那生硬的译文里，
也非在那老朽的作品里，
那儿俄国的智慧和精神
成倍地撒谎，说些旧事情。

八

严寒和阳光！多美的天气。
可是我们的女士们显然
懒得为炫耀冰冷的美丽
走下台阶，走向涅瓦河边，
她们坐在家中，铺沙石堤
并不能吸引她们去那里。
还是东方人的办法聪明，
老年人的风俗也都很对：
他们生下来便是闺中人
或是为了在楼阁中受罪。

九

昨天从 B 家离开了酒宴，
R. C. 像仄费洛斯①般飞逝，
不理会人们的责备，抱怨，
而我们，踏着光滑的楼梯，
喧闹着的一群，健步如飞。
追上去跟着年轻的后妃。

---

① 仄费洛斯，希腊神话中的西风神。

  我正好赶上从她的嘴里
  捉住末句话的一点声响,
  我在她光彩焕发的肩上
  披上了那张黑色的貂皮,
  在她那可爱的鬈发上边
  我为她蒙上绿色的纱巾,
  在涅瓦河的维纳斯面前
  我推开了一群迷恋的人。

第十节笔记没抄下来,只这样表示:
  ——我爱你……
这一行以后是最末一节笔记:

十一

  今天人家把我向她介绍,
  半小时,我盯着她丈夫瞧;
  他非常之神气,头发染过,
  他凭官爵,并不需要头脑。

普希金遗留的草稿中还有"属于奥涅金的纪念册"的几段笔记:
  S. L. 公爵夫人我不喜欢。
  她那种迫不得已的卖俏,
  我看还是当作目的更好,
  可是她却拿它当作手段。

  她所向往的到底是什么?
  说的可是那头三个字吗?
  克——里——尤;……可能? 克里尤克瓦!

第四段笔记原来是这样接下去的:
  就这样,鼓起坚强的决心

我们使疯狂的情欲平息，
　　　用高傲的心灵承受不幸，
　　　并且用希望来安慰悲戚。
　　　然而怎样…………排解
　　　痛苦，排解那疯狂的痛苦。

第二十四节本节之后最初是：
　　　祝贺我可爱的达吉雅娜，
　　　祝贺她明白了这点道理，
　　　我们该把路稍微拐一下，
　　　我们歌唱谁，这不能忘记。
　　　伤害了没经验的朋友后，
　　　奥涅金他实在不能忍受
　　　乡村的闲散生活的沉闷，
　　　他去牧民帐篷里住一阵，
　　　听响亮的驼铃怎样飞过，
　　　豪迈的马夫怎样吹口哨；
　　　于是奥涅金骑马去寻找
　　　慰藉他无聊生活的欢乐——
　　　前往遥远的、遥远的土地，
　　　去哪儿？他心里也没有底。

第三十五节草稿中这一节后边接着是：
　　　婴儿时，奶妈对达吉雅娜
　　　凭想象讲述过莫斯科城，
　　　并且把快乐预先许给她，
　　　使尽她炫耀词藻的本领。
　　　生动地给她描写莫斯科，
　　　真枉费一番夸张的口舌。

第三十六节最初是以这几行诗结尾的：
莫斯科，在俄罗斯人心头……
有多少东西在这里交融！
强烈地回响在这声音中！
当流放、悲伤、别离的时候，
我是多么地爱你，莫斯科！
你正是我的神圣的祖国！

第五十一节有一段草稿和这一节有关：
多刻薄的格里鲍耶多夫，
把儿孙描写得多么传神，
冯维辛描写他们的先祖，
舞会上集合全莫斯科人。
……………

第八章

准备把第八章(《奥涅金的旅行》)和第九章(定稿的第八章)合并一次出版时，普希金为它们写过一篇序言[①]：

在我们这儿，作家本人是很难知道他的作品在群众中引起的印象的。从杂志编辑部那里他只能得到杂志出版人的意见，这些意见由于种种原因，是不足为训的。朋友们的意见自有偏袒，而陌生人又当然不会当面骂你的作品，即使这部作品应该挨骂。奥涅金的第七章出现时，杂志一般都很不赏识。我本来倒还是愿意听信它们的，如果这些判决和他们对我小说的前几章所说的话不是那么过分矛盾的话。同一部作品的第六章曾经蒙受过高的、受之有愧的赞扬，那么再读到，比如说，这样的评论，我自然会感到惶然："对于这

[①] 这里引用的一大段"批评"是当时的反动文人布尔加林在《北方蜜蜂》杂志上写的。后半段中作家所驳斥的意见是 H·波列沃依在他的《莫斯科电讯》上写的。

种作品,比如像《叶甫盖尼·奥涅金》第七章这种作品,难道可以要求大家去注意它吗?我们最初以为,这是故弄玄虚,是开玩笑,或者是一篇拙劣的模仿,直到书商为我们证实说,这个第七章确实是《鲁斯兰与柳德米拉》的作者所写的作品,我们才相信它。和这个第七章——小小的两个印张——中的诗相比,似乎《叶甫盖尼·维尔斯基》倒还像回事情①,这两个印张全部都被那种所谓诗句和插科打诨的胡扯糟蹋了。在这水渍渍的第七章里,丝毫没有值得一顾的思想、感触、画面!……彻底的堕落,chute Complète②。我们的读者问道:这洋洋57页的第七章说了些什么东西?奥涅金里面的诗句让我们入了迷,并且迫使我们对这个问题也用几行诗来作答:

> 呶,达尼娅如何排遣悲痛?
> 咋办!把姑娘放在雪橇中,
> 并把她从那可爱的地方
> 运到莫斯科未婚妻市场!
> 妈妈痛哭流涕,女儿心烦,
> 七章就此结束——来个句点。③

正是如此,诸位敬爱的读者,这一章的全部内容仅在于:达尼娅被从乡下运到莫斯科去!"

我们有一家杂志还说,第七章不可能有任何成就,因为时代和俄国都前进了,可是诗人却还停在原先的地方。这种断语是不公正的(也就是说,它的结论不公正)。如果说时代可以前进,科学、哲学以及文明可以不断完善和变革——那么诗歌却正是应该留在同一

---

① 普希金原注:如果这种粗暴行为也不得不由我在这里重复一下的话,我谨向这位不认识的诗人请求原谅。从他的长诗的某些片断看,要说《叶甫盖尼·奥涅金》不如《叶甫盖尼·维尔斯基》,我一点也不认为是辱没了自己。
② 法语:彻底的堕落。
③ 普希金原注:这几行诗很不坏,不过其中包含的批评却缺乏根据。诗人可以选择最微不足道的对象来描写,批评家并不需要去管诗人描写些什么,而只需要看他描写得怎样。

个地方,既不衰老,也不改变。它的目的始终如一,手段也总是那些。当古代天文学、物理学、医学和哲学的伟大代表们的种种概念、著作,发现已经衰老并且日渐被其他东西代替的时候,真正的诗人所写的作品则是始终清新、永远年轻的。

一篇诗可能是贫弱、失败和错误的——那么罪过必然在于诗人的才能,而不在于跑到了诗人前面的时代。

批评家大概是想说,《叶甫盖尼·奥涅金》以及它的全部泣哭号叫对于读者大众已经不新鲜了,人们已经像办杂志的先生们一样在讨厌它了。

但是无论如何,我仍然决定再来考验一下他们的耐性。瞧,又是《叶甫盖尼·奥涅金》的两章——最后的,至少是最新发表的两章……那些想在其中找寻有趣事件的人们将会发现,这两章比起以前各章来,情节故事都要更少些。第八章我本来是打算根本毁掉而用一个罗马数目字来代替的,但是由于对批评家的惧怕才没这样做。再说其中好些片断也都发表过了。由于想到开玩笑的拙劣模仿可能被认为是对于伟大而神圣的作品的失礼——这也制止了我没去毁掉它。然而《恰尔德·哈罗尔德》的地位是如此之高,因此无论用什么口气提到它,在我都不会产生可能去玷辱它的念头。

1830 年 11 月 28 日

于鲍尔金诺

第一、二节 普希金在刊印的正文里标明了第二节中十行诗的省略,实际上省掉的是描写学堂生活的一连几节:

一

记得那时,在学堂花园里,
我安逸地绽开,像一朵花,

那时候我爱读《叶丽赛伊》①,
而对西塞罗我却诅咒他,
那时候我对珍贵的诗篇,
并不比射球门更为喜欢,
认为繁琐哲学胡说八道,
我翻过篱墙往花园里跳,
那时候我间或也很用功,
间或也懒惰,间或也固执,
间或也狡猾,间或也正直,
间或也安静,间或也好动,
间或也悲伤,也默不作声,
间或又由衷地唠叨不停。

二

间或,恍惚地站在课堂前,
我的眼神迷离,两耳不清,
说话声音尽量放低一点,
把唇边初生的绒毛剃尽,
那时候……那时候当我刚刚
开始留心一位漂壳姑娘,
她的容貌动人,于是爱情
便使我年轻的血液沸腾。
我毫无希望地痛苦一场,
热烈的梦骗我,让我心疼,
到处都在寻找她的脚印,
我深情地对她念念不忘,

---

① 《叶丽赛伊》,俄国诗人迈科夫的一部自称为"滑稽长诗"的作品,写于 1771 年。

整天期待着一分钟约会，
尝幸福的秘密痛苦滋味。

三

记得那时，在茂密的树丛，
在静静淌着的溪水旁边，
在学堂走廊各个角落中，
缪斯开始出现在我面前。
学生宿舍里我那间禅房，
一向都被欢乐抛在一旁，
顷刻间变亮——缪斯在那里，
摆开她花样翻新的筵席；
别了，早年的最初的嬉戏！
别了，那些冷冰冰的学问！
我变了，如今我是个诗人，
只有声音，它在我心灵里
活跃着、彼此不停地融合，
汇集成一篇篇甜美诗歌。

四

到处伴随我，似不知疲乏，
缪斯一再把歌唱给我听，
（Amorem canat aetas prima.）①
她总是对我唱爱情、爱情。
我迎声起和——年轻的朋友

---

① 拉丁语：让年轻人去歌唱爱情吧。

在做完功课的闲暇时候,
全都爱听一听我的歌声。
他们,以一颗偏爱着的心,
也因对兄弟友谊的重视,
给我送来了第一个花冠,
让他们的诗人用来装扮
他的胆怯而怕羞的缪斯。
呵,天真日子享受的得意!
你的梦在心头多么甜蜜。

五

世界满含笑意将她欢迎,
最初的成功为我们添翼,
杰尔查文老人发现我们,
祝福我们,自己走向墓地。
德米特里耶夫没骂我们;
那位保存俄国风习的人①
丢开史册,倾听我的歌子
慈爱地抚摸羞怯的缪斯。
还有你,被一切美好东西
深深地激起灵感的歌手②,
你,偶像般活在处子心头,
不是你?为偏爱之情所迷,
不是你?把手伸在我面前,
将我向纯洁的光荣召唤。

---

① 保存俄国风习的人,指卡拉姆津,他的《俄国史》是俄国19世纪初叶的名著。
② 激起灵感的歌手,指茹科夫斯基。

草稿中还留存一些诗节,其中部分地和誊清的手稿吻合,但基本上是普希金另一些学堂生活细节的描述:

记得那时,在学堂花园里,
我安怡地绽开,像一朵花,
我偷偷地读着阿普列依,
对维吉尔却只把哈欠打。
那时候我偷懒而且淘气,
我爬出窗户,爬上屋顶去,
为两片红唇,一对黑眼睛,
我有时会忘记学拉丁文;
那时候,一种朦胧的哀伤
开始走来搅扰着我的心,
那时候,一片神秘的远景
正吸引着我的种种想象,
夏日里……每当那白昼来临,
人们高兴地来把我喊醒。
记得那时,好惹事的伙伴
竟然把我叫做个法国佬,
那时冬烘先生曾经预言
说我一辈子是个淘气包,
那时,遍开玫瑰的田野上,
我们在纵情地奔跑游荡,
那时,踏上阴凉的林阴道,
我去听一群天鹅的啼叫,
目光停在明亮的水面上,
或者,那时,在一片旷野里
…………
拜访卡古尔大理石雕像。
…………

第二十三节结尾的两行原先是：
没一个字，在他们谈话语
提到小帽子，或提到下雨。

接下去有两节：
在真正的贵族客厅里面，
没有人去卖弄花言巧语，
没有杂志上苛求的法官
那种小市民的迂阔拘曲。
上流社会自由的客厅间，
谈话都采用通俗的语言，
它那活泼中的稀奇古怪，
不会把任何人耳朵吓坏。
（当他着手要写一篇评论，
某一位深刻的杂志编辑
一定会对此事惊讶不已，
然而，世界上有多少事情，
很可能，我们的这些杂志
没一家会想到写这些事！）

没有人对待一位老人家
会想到使用冰冷的嘲笑，
当发现他领巾的花结下
那一条衣领并不很时髦。
一位外省陌生人的傲慢
也不令女主人感到厌烦；
她对待客人是一视同仁，
都那么大方，都那么亲近；
只有位天外飞来的旅客，
那服饰华丽的伦敦无赖，

引逗得人们都笑逐颜开。
　　由于他装腔作势的神色，
　　人们迅速传递着的视线，
　　就是大家给予他的评判。

第二十四节 本节以后誊清的手稿中是：
　　这一位，适逢她美妙年华，
　　像一朵春花儿正在开绽，
　　这一位，看起来雄心大发，
　　竟想把公众的舆论掌管，
　　好一个上流妇女代表人，
　　这一位，在一生某个时辰，
　　她的命运谦恭而且卑微，
　　会显露温存幸福的光辉，
　　这一位，她正在无声无息
　　承受着疯狂情欲的刑罚，
　　正在饱尝着嫉妒和惧怕，
　　她们被偶然结合在一起，
　　彼此间——灵魂上格格不入，
　　却在此紧挨着坐于一处。

第二十五节 誊清的手稿中这一节是：
　　这有位对警句十分喜欢
　　却恨一切的公爵布罗丁：
　　恨女主人的茶（嫌它太甜）、
　　太太的愚蠢、男人的话音、
　　赐给两孤女的绣字花章、
　　人们对低俗小说的印象、
　　他自己老婆的空虚无聊、
　　以及女儿们的笨手笨脚；
　　这儿有位跳舞会的导演，

　　　　一个公务员,粗野,爱蹦跳;
　　　　墙边还站立着一位阔少,
　　　　像柳树节红脸的赫鲁宾,
　　　　穿件紧身衣,不动,不出声。

第二十六节誊清的手稿中五—十四行是:
　　　　这有位叫 K. M. 的法国人,
　　　　娶个消瘦、驼背的傻老婆,
　　　　同时也娶到七十个魂魄;
　　　　有位严正的检查署长官,
　　　　(威武的卡东①,刚因为受贿
　　　　让人家撤除了他的职位);
　　　　这儿还有个惺忪的议员,
　　　　和纸牌一同度过了一生,
　　　　是一位政权缺不了的人。

第二十六节以后,手稿是:
　　　　瞧吧,尼娜她走进了大厅,
　　　　她先在厅门口站了一站,
　　　　又向四周用淡漠的眼睛
　　　　把看她的客人看了一看,
　　　　她的酥胸起伏,两肩闪亮,
　　　　头在珠光宝气中间发光,
　　　　围绕她细腰飘浮颤动着
　　　　花边组成的透明的网络,
　　　　丝织的锦绣,像蛛丝一般
　　　　滑落在她玫瑰色的脚旁;
　　　　全场一片欢腾,望着天上,
　　　　面对这富有魔力的画面……

---

① 卡东(前234—前149),古罗马元老院议员,历史上严肃认真的长者形象。

后来普希金又想用下面一节诗来代替这一节：
  那间富丽堂皇的大厅里，
  人们停止说话、凑成一群，
  宛如一朵百合生了羽翼，
  拉拉-卢克①婀娜地走进门，
  在这俯首顶礼的人群上，
  这位女皇的头颅闪着光，
  美人中的美人②，这位明星
  静静地、飘飘然、穿过人群。
  各种年岁的人们的眼睛，
  都燃烧着嫉妒，像飞一样，
  一会朝着她，又朝着沙皇——
  唯有奥涅金不去看他们；
  他只顾倾心于达吉雅娜。
  他眼里也只有达吉雅娜。③

---

① 拉拉-卢克，英国作家莫尔(1779—1852)的长诗《拉拉-卢克》的主人公，一位美丽的印度公主。
② 美人中的美人，原文为"卡里忒斯中的卡里忒斯"。卡里忒斯为希腊神话中的美惠三女神。
③ 这里的第二十四至二十六节是普希金全部作品结束后，于1831年6月间写下的。草稿中还有另外几行诗，也是描写彼得堡上流社会的：
  身后另一位舞场美男子
  像杂志插图般走进舞池，
  他的女儿丽莎也在这里，
  她不讲究整洁，尖声尖气，
  那样地做作，那样地娇小，
  以致不由自主，每个客人
  都猜想她聪明，而且恶狠……
这里，从草稿中用过的几个不同名字来判断，普希金指的是奥列宁和他的女儿。"那间富丽堂皇的大厅里"这一节所写的，是尼古拉一世的妻子亚历山德拉·费多罗夫娜，她在没出嫁的时候，曾经扮演过拉拉-卢克，茹科夫斯基还为此写过诗。

第二十七节原稿中本节以后还有一节：

　　　　许多星期、许多日子消逝，
　　　　奥涅金只有一件事在心，
　　　　他不知道还有别的目的，
　　　　只求能够见到公爵夫人，
　　　　公开或者暗中，不论何处，
　　　　哪怕是焦虑，哪怕是愤郁，
　　　　只求在她脸上看见东西。
　　　　他克制自己粗野的脾气，
　　　　到处——在晚会上，跳舞场中，
　　　　时装师家里，或是在剧院，
　　　　或在冰封的河道的两岸，
　　　　大街上，客厅里，和穿堂中，
　　　　他紧紧追逐她，影子一样。
　　　　他的懒惰早已不知去向！

奥涅金的旅行

《奥涅金的旅行》即原来的第八章。原稿中保存得不全。其中：

第一节和现在的正文末章（即第八章）第十节相同；

　　　　谁从年轻时候就很年轻，
　　　　………………
　　　　……………

第二节至第十二节条理是清晰的：

一

　　　　谁懂得必然的严格声音，
　　　　谁就算是一个幸福的人，
　　　　他的人生道路宽阔平整，
　　　　他有着阳关大道的前程——
　　　　他知道为什么活在世上，

他有目标,专心为它奔忙,
他把他的心奉献给神灵,
如同一个包税官或将军,
"我们生来——桑涅加这样说——
是为给亲人和自己造福"——
(不能说得更为简单、清楚。)
然而,当半辈子已经度过,
回首往事:见虚度的年岁
留下的脚印,真令人伤悲。

第三节除第一行以外,都和第八章第十一节相同:
而想起来真是不能容忍,
(我们把青春白白浪费掉,)
....

第四节与第八章第十二节相同:
你变成器杂评论的对象,
....

五

或对缪莫斯的名声厌倦,
或厌倦再显摆别的面具,
有一次,是烦闷的阴雨天,
一觉醒来,奉行爱国主义。
先生们,俄罗斯转瞬之间
便让他特别地感到喜欢,
毫无疑问,他已沉入爱情,
只有罗斯让他念念于心,
他已经开始厌恨欧罗巴,
恨她的枯燥无味的政治,
恨她的虚浮的荒淫无耻。

于是奥涅金乘车启程,他
见到神圣罗斯:她的农田,
她的荒漠,她的海洋、山峦。

六

谢天谢地,他已准备停当,
是在六月三号的这一天,
一辆轻便马车在大路上
载着他沿驿站奔驰向前。
在半开化的平原上前进,
伟大的诺夫哥罗德古城。
那儿的广场上已经沉寂——
叛乱的钟声已不再敲起,
巨人的幽灵已不再出现;
包括雅罗斯拉夫的幽灵,
他征服斯堪的纳维亚人,
还有那两位恐怖的约翰,
围绕一座座衰微的教堂,
过去时代的人吵吵嚷嚷。

七

苦闷,苦闷!叶甫盖尼连忙
加快着脚步向前走,如今
他面前闪过,像影子一样,
瓦代、朵尔若克、特维尔城。
找个好纠缠的乡下女人,
他买下了三串小圆面饼,
在这里,他又买双便鞋穿,

再去骄傲的伏尔加岸边
昏沉沉驾车奔跑。他的马
有时飞驰登山、沿河疾行,
一里又一里闪过,车夫们
唱着歌,打口哨,互相叫骂,
尘土飞扬。叶甫盖尼睡醒:
特维尔大街,进莫斯科城。

八

莫斯科以她傲慢的浮华
来欢迎奥涅金这次光临,
用自己的姑娘来迷惑他,
用一盆鲟鱼汤为他洗尘,
在英国俱乐部的大厅内
(这是个实验性人民议会),
他听着关于稀饭的辩论,
他一声不响,正忧思沉沉。
这时他终于被人们发现,
他成了各种是非的话题,
莫斯科在为他奔忙不已,
人们把他称作一个密探,
并且还编了诗把他颂扬,
把他列进未婚夫名单上。

九

苦闷,苦闷!去尼日尼看看,
想去米宁的家乡。他看到
马卡列夫集市一片忙乱。

接下去和《奥涅金的旅行》片断中的正文相同。

十

苦闷！叶甫盖尼等个良辰。
伏尔加，河湖美景的精华，①
已向他召唤，快扬帆起程，
去她绮丽的水面上玩耍。
这位爱好者不难被吸引；
租上条商人运货的小艇，
他顺流而下迅速地浮泛。
伏尔加河为他鼓起风帆；
纤夫们手撑着铁篙前行，
在用那沉郁的调子唱歌，
歌唱那强盗出没的场所，
歌唱那些勇敢的侦察兵，
和斯金卡·拉辛在古时候
用血染红了伏尔加水流。

十一

歌唱那杀人纵火的儿郎。
那些不速之客。但是你看，
在那一汪咸水的湖岸上，
一片布满沙砾的草滩边，
阿斯特拉罕展现在眼前。
正当奥涅金他依然沉湎

---

① 这里引的是德米特里耶夫的诗句，出自他的《致伏尔加河》。本节末尾及下节开头写斯捷潘·拉辛领导的农民起义。

在他过往岁月的回忆里,
中午阳光的一阵阵热气,
还有一群群蛮横的蚊虫,
吱吱嗡嗡地从四面八方
飞来欢迎他——他气得发狂,
于是马上,就在一小时中,
便抛开里海松软的海岸、
苦闷——他要去高加索看看。

十二

他见到,任性的捷列克河

**接下去和《奥涅金的旅行》片断中(第十二、十三、十四节)相同:
草稿中第十二节以后还有三节,其中第一节缺前四行:**

一条路通向高加索群山,
跨过它垒垒峰峦的阻拦,
冲破它层层的天然屏障,
战争长驱直入,直捣心脏。
也许,它们那种野性的美,
偶然也能够打动他的心。
这时,围着一队护送士兵,
跟随草原的野战炮兵队
……——奥涅金突然走进
这座阴暗的群山的大门。　　(一)

他看见:愤怒的捷列克河
在翻腾激荡,冲刷着河岸,
河面上,一只鹿两角垂落,
像在突兀的山崖上倒悬;
两岸岩石碎落,闪闪烁烁,

那湍急的瀑布飞溅水沫,
险峻壁立的两山中间处,
是深沟大壑,一条羊肠路
十分地险要,它越走越窄,
头顶几乎只有一线青天;
大自然一副阴沉的容颜,
到处呈现出同样的粗野。
白发的高加索,你该称赞,
他生平第一次拨动心弦。　　(二)

那已经是很久、很久以前!……
那时你认识了我,高加索,
你要我走进空旷的神殿,
你不止一次地召唤过我。
我疯狂地对你产生爱情。
你以你的雄强的风暴声
闹嚷嚷地欢迎我的来到。
我倾听过你溪流的咆哮,
和你雪崩时雷样的轰鸣,
苍鹰的唳啼。姑娘们的歌,
狂暴怒吼着的捷列克河,
和回音响彻千里的笑声,
我,你的软弱歌手,曾看见
卡兹别克山尖上的皇冠。　　(三)

第十六节的一部分普希金放在《奥涅金的旅行》片断中,原稿中这一节是完整的:

"老年人幸福!病人也幸福,
幸福的是命运光顾的人!
而我健康,年轻、无拘无束。
我在等待什么?苦闷,苦闷!……"

别了,这白雪皑皑的峰峦,
和你们,无边的库班平原;
他已向另一片海岸进发……
他从塔曼来到克里米亚,
人们想象中神圣的地方,
希腊两神在那儿吵过架,
米特里达特曾在那自杀,
一位放逐者曾在那歌唱,
在岸边崖石中,满怀灵感;
他思念他的祖国立陶宛。

接下去是"片断"中已经发表的几节(第十七节至二十九节)。这以后在手稿中我们读到:

三十

就这样,我在敖德萨,那时
在一群新交的朋友当中,
忘掉了这位阴沉的浪子,
忘掉了我小说的主人公。
奥涅金不曾在任何时候
拿我和他通信之谊夸口,
而我,作为一个幸运的人,
也从来不给任何人写信。
请你想想,我该多么惊惶,
当我发现,只是忽然之间,
他便出现在了我的眼前,
像不请自来的鬼魂一样,
朋友们大声地啊呀不停,
而我呢也是多么地高兴!

三十一

神圣的友谊!人性的声音!
后来我们便互相瞧了瞧,
如西塞罗笔下的占卜人,
我们一同低声地笑了笑……
....
....

三十二

不久前我们曾一同漫游,
在埃夫克辛①的大海之滨。
命运使我们又重新分手,
我们被安排去各奔前程。
奥涅金已经对世事冷淡,
过往经历把他心房挤满,
他于是便来到涅瓦河滨。
而我却抛开年轻太太们,
抛开里海的肥嫩的牡蛎,
抛开昏暗的包厢、歌剧院,
上帝保佑,还有贵人达官,
来到二山村树林阴凉里,
来到边远的北方城镇上;
我的来临显得多么凄凉。

---

① 里海的古称。

三十三

啊,无论那命运之神的手
安排我在哪片无名地方,
无论,无论我卑微的方舟
被命运漂浮到哪个方向。
无论让我晚年在哪度过,
无论坟墓将在哪等待我,
我在我的心中,到处,到处,
都要为我的朋友们祝福。
不,不! 无论在哪也不忘记
他们那亲切、动听的言谈,
远远地,独自个,在人海间,
我将永远在我的想象里
看见你们,岸傍垂柳浓荫,
三山村田头的睡梦、安宁,

三十四

和索罗基河①缓斜的河岸,
隐藏在小树林中的道路,
和岸边一条一条的小山
那间我们畅饮过的小屋——
你,缪斯照耀的幽静天地,
雅济科夫也曾歌唱过你,
当他走出了学问的庙堂
来到了我们的这片村庄,

---

① 索罗基河,米哈伊洛夫斯克村和三山村附近的一条河流。

> 他歌颂索罗基山林女神,
> 他,又对四周的广阔农田,
> 高声朗诵了迷人的诗篇;
> 而我也在那里留过踪影,
> 那儿,我在浓密的松林中
> 挂上我的芦笛,赠给春风。

下面这一节用"奥涅金诗节"写下的诗可能和《叶甫盖尼·奥涅金》有关。它是作家早年的一篇草稿。但是它到底应和小说的哪一个章节相联系,很难确定:

> "娶妻吧。"——谁?——"维拉·恰兹卡娅。"
> ——她太老了。——"罗金娜。"——太简单。
> "哈尔斯卡娅。"——笑得像傻瓜。
> "西坡瓦娅。"——她又胖,又没钱。
> "明斯卡娅。"——呼吸重得要死。
> "朵尔宾娜。"——她太爱写情诗,
> 爱吻母亲,父亲又那么蠢。
> "娶林斯卡娅吧。"——这怎么行!
> 那我就是跟奴才攀亲家。
> "格利莎·利普斯卡娅。"——怎么?
> 她有百万套媚态和做作。
> "利金娜。"——这算个什么人家!
> 这家人准会让你吃苦头,
> 他们在戏院里也要喝酒。